OSCAR WILDE

A CASA DAS ROMÃS

A HOUSE OF POMEGRANATES

EDIÇÃO BILÍNGUE PORTUGUÊS - INGLÊS ILUSTRADA

SÃO PAULO, SP, BRASIL
2017

PREFACE

This edition brings to the reader the short stories published in 1891 and produced during the happiest, and least turbulent, period of Oscar Wilde's life. Born in 1854 in Dublin, Ireland, Wilde lived in the bustling English capital, attending to parlors of writers and leading figures of his time. In these meetings, Wilde was able to demonstrate his talent not only as a writer, but also as an interpreter, reading aloud the stories he produced, with the intonation, the emphasis and the diction proper to the actors. Exquisite storyteller, he enchanted English circles with irony, with the formal precision of the texts and, of course, with his own presence. Those who had the privilege of hearing him said that his cadenced, modulated voice, his dramatic interpretation, and his peculiar charisma were simply irresistible.

In his stories, the characters, who have no names, are designated by the function they perform or merely for what they are, and Wilde draws on the use of fables by lending human life to birds and to animals in a kind of fantastic realism that serves to focus the

♣ ♣ PREFÁCIO ♣ ♣

Esta edição traz ao leitor os contos e as ilustrações publicados em 1891 e produzidos durante o período mais feliz, e menos turbulento da vida de Oscar Wilde. Nascido em 1854 em Dublin, Irlanda, Wilde viveu na efervescente capital inglesa, a frequentar ciclos de escritores e de figuras de destaque da época. Nessas reuniões, Wilde valia-se para demonstrar o seu talento não só como escritor, mas também como intérprete, ao ler em voz alta os contos que produzia, com a entonação, a ênfase e a dicção próprias dos atores. Exímio contador de histórias, encantava os círculos ingleses com ironia, com a precisão formal dos textos e, claro, com a sua própria presença. Aqueles que tiveram o privilégio de ouvi-lo, diziam que a sua voz cadenciada, modulada, a sua interpretação dramática e o seu carisma peculiar eram simplesmente irresistíveis.

Em seus contos, os personagens, que não possuem nomes, são designados pela função que exercem ou meramente pelo aquilo que são e Wilde vale-se do recurso das fábulas ao emprestar vida humana a pássaros e a animais numa espécie de realismo fantástico que

different points of view of each question. Without deepening in issues such as social differences or a certain political connotation to texts, Wilde masterfully addresses the brutal suffering of the lower strata of English society, the abyssal distance separating the futility of the nobility and the misery of the vassals. Justice is made, Wilde does not spare royalty and the upper bourgeoisie by dissecting with fine irony the customs and the *savoir faire* of these social strata, by showing their intrigue, sorcery and betrayals.

In Oscar Wilde's stories, princes and princesses are not lived happily ever after.

With a clear narrative, Wilde at the same time as he had charmed many, when becoming famous still in life, he had also irritated to others, mainly to the high bourgeoisie, with satires and slight criticisms to the English customs. It is important to note that, at that time, there was no concern about social assistance. These ones were completely disregarded by the more privileged classes as well as by the State itself. At this point Wilde's concern was to look more carefully at those who were born and died invisible and ignored.

In spite of this, the author did not intend to turn his work into a political, social or engaged speech in any

serve para enfocar os diferentes pontos de vista de cada questão. Sem aprofundar-se em temas como diferenças sociais ou certa conotação política aos textos, Wilde aborda com maestria o sofrimento brutal dos estratos mais baixos da sociedade inglesa, a distância abissal que separa a futilidade da nobreza e a miséria dos vassalos. Justiça seja feita, Wilde não poupa a realeza e a alta burguesia ao dissecar com fina ironia os costumes e o *savoir faire* dessas camadas sociais ao evidenciar as intrigas, os sortilégios e as traições.

Nos contos de Oscar Wilde, príncipes e princesas não são felizes para sempre.

Com uma narrativa clara, Wilde ao mesmo tempo em que encantava a muitos, ao tornar-se célebre ainda em vida, irritava a outros, sobretudo à alta burguesia, com sátiras e críticas leves aos costumes ingleses. É importante notar que à época não havia como hoje a preocupação com a assistência social. Esses eram completamente desconsiderados tanto pelas classes mais privilegiadas como pelo próprio Estado. Nesse ponto, destacava-se a preocupação de Wilde em olhar com mais cuidado para aqueles que nasciam e morriam invisíveis e ignorados.

Apesar disso, não havia por parte do autor a intenção de transformar a obra num discurso político,

type of movement with a view to changing the state of things. Wilde wandered unconcernedly about in various subjects by making clear, in his texts and in real life, the belief in Art as an end in itself, with no pretense except to be beautiful and agreeable. Wilde considered artists without any practical function in society, whose only purpose should be to see and be seen. Hedonist, Wilde was always concerned with wearing the latest fashion way, adding personal and extravagant touches, as we can be seen in a notorious sequence of photographs. The reverence for Beauty appears in his stories in the form of long descriptions of flowers, of palaces, or of handsome young lads who occupy a prominent role in his narratives. The richness of detail values the work of the artisan whom Wilde so admired at the expense of the massified and industrialized thing.

During the reading it is important to note the rapidity of the dialogues that evolve in a crescendo of complexity and dramatic intensity, when alternating the markedly theatrical style, with another more literary in which a narrator tells the whole story to us.

Wilde approaches the theme that for him had become a sort of fixation: the human beings and their doubles. The image is not always faithful to what is

social ou engajado em qualquer tipo de movimento com vistas a alterar o estado das coisas. Wilde passeava despreocupadamente por diversos assuntos ao deixar claro em seus textos e na vida real a crença na Arte como fim em si mesma sem outra pretensão exceto a de ser bela e agradável. Wilde considerava os artistas sem qualquer função prática na sociedade, com a única finalidade de verem e de serem vistos. Hedonista, Wilde preocupava-se em se vestir sempre à última moda, acrescentando toques pessoais e extravagantes, como pode-se ser visto numa notória sequência de fotografias. A reverência pela Beleza aparece em seus contos sob a forma de longas descrições, de flores, palácios ou belos jovens que ocupam papel de destaque nas suas narrativas. A riqueza de detalhes valoriza o trabalho do artesão que Wilde admirava em detrimento da coisa massificada e industrializada.

Durante a leitura é importante notar a rapidez dos diálogos que evoluem num crescendo de complexidade e de intensidade dramáticas, ao alternar o estilo notadamente teatral com outro mais literário em que um narrador conta-nos toda a história.

Wilde aborda o tema que para ele havia tornado-se uma espécie de fixação: os seres humanos e os seus duplos. A imagem nem sempre fiel ao que espera-se

expected of its or itself. The image, which acquires strength and life of its own, that comes to exist thanks or despite the one that originated it: in "The Birthday of the Infanta", the little Dwarf lived happily until confronted with his image in a mirror and in "The Young King", the monarch was happy, until being confronted with the harsh reality of life and society.

Wilde fills his stories with analyzes and moral parables for all ages.

"A House of the Pomegranates", at its publication, was involved in controversy with some reviewers judging his stories too many complex for children. But Wilde clearly had more wide-ranging ambitions, and found it absurd that 'the extremely limited vocabulary at the disposal of the British child [is] the standard by which the prose of an artist is to be judged."

The tales that the readers now have at their hands know nothing of the tragedy that is coming and will destroy the life of the writer in later years, nor do they know about the twists that fate has reserved for him.

His stories were written with joy, to be read with joy, preferably aloud to an audience, even if it were imaginary, as Oscar Wilde had conceived them.

dela ou de si. A imagem que adquire força e vida própria, que passa a existir graças ou apesar daquele que originou-a: no "O Aniversário da Infanta", o Anãozinho viveu feliz até ser confrontado com a sua imagem em um espelho e em "O Jovem Rei" o monarca era feliz até ser confrontado com a dura realidade da vida e da sociedade.

Wilde preenche os seus contos com análises e parábolas morais para todas as idades.

"A Casa das Romãs", quando da sua publicação, esteve envolvido em controvérsia com alguns críticos que julgaram os seus contos muitos complexos para a leitura das crianças. Mas Wilde claramente tinha ambições mais amplas e julgou ser um absurdo que "o vocabulário extremamente limitado à disposição da criança britânica [fosse] o padrão pelo qual a prosa de um artista pudesse ser julgada."

Os contos que os leitores agora têm às mãos nada sabem da tragédia que está por vir e que irá destruir a vida do escritor nos anos posteriores, tão pouco sabem sobre as reviravoltas que o destino reservou-lhe.

Os seus contos foram escritos com alegria para serem lidos com alegria, preferencialmente em voz alta para uma plateia, ainda que esta seja imaginária, como Oscar Wilde concebera-os.

THE YOVNG KING

TO
MARGARET,
LADY BROOKE,
RANEE OF SARAWAK*.

IT was the night before the day fixed for this coronation, and the young King was sitting alone in his beautiful chamber. His courtiers had all taken their leave of him, bowing their heads to the ground, according to the cerimonious usage of the day, and had retired to the Great Hall of the Palace, to receive a few last lessons from the Professor

---

* Margaret de Windt (1849-1936), Lady Brooke and Ranee of Sarawak, located on the island of Borneo, was the wife of the second White Rajah of Sarawak (a dynastic monarchy of the English Brooke family) and who organized social meetings with various intellectuals and artists, including Oscar Wilde and Henry James.

O JOVEM REI

PARA
MARGARET,
LADY BROOKE,
RANI DE SARAWAK*.

ERA a noite anterior ao dia marcado para esta coroação, e o jovem Rei estava sentado sozinho em seu belo aposento. Todos os seus cortesãos tinham se retirado da sua presença, curvando as suas cabeças até tocarem o chão, de acordo com a prática cerimonial do dia, e retiraram-se para o Grande Salão do Palácio, para receberem as últimas lições do Professor

---

* Margaret de Windt (1849-1936), Lady Brooke e Rani de Sarawak, localizada na ilha de Bornéu, foi a esposa do segundo Rajá Branco de Sarawak (uma monarquia inglesa dinástica da família Brooke) e que organizava encontros sociais com vários intelectuais e artistas, entre eles, Oscar Wilde e Henry James.

of Etiquette; there being some of them who had still quite natural manners, which in a courtier is, I need hardly say, a very grave offence.

The lad, for he was only a lad, being but sixteen years of age, was not sorry at their departure, and had flung himself back with a deep sigh of relief on the soft cushions of his embroidered couch, lying there, wild-eyed and open-mouthed, like a brown woodland Faun, or some young animal of the forest newly snared by the hunters.

And, indeed, it was the hunters who had found him, coming upon him almost by chance as, bare-limbed and pipe in hand, he was following the flock of the poor goatherd who had brought him up, and whose son he had always fancied himself to be. The child of the old King's only daughter by a secret marriage with one much beneath her in station – a stranger, some said, who, by the wonderful magic of his lute-playing, had made the young Princess love him; while others spoke of an artist from Rimini, to whom the Princess had shown much, perhaps too much honour, and who had suddenly disappeared from the city, leaving his work in the Cathedral un-finished – he had been, when but a week old, stolen away from his mother's side, as she slept, and given

de Etiqueta; havia alguns dentre eles que ainda possuíam um comportamento bem natural, o que em um cortesão, escusado será dizer, é uma ofensa muito grave.

O jovem, pois era só um jovem, com não mais que dezesseis anos, não lamentou a partida deles, e lançou-se de costas, com um profundo suspiro de alívio, sobre as macias almofadas do divã bordado, recostado ali, olhos arregalados e boca entreaberta, à semelhança de um Fauno dos bosques bronzeado ou a de algum jovem animal da floresta recém capturado por caçadores.

E, de fato, foram os caçadores que tinham-no encontrado, ao dar com ele quase por acaso quando, pés descalços e com uma flauta à mão, conduzia o rebanho do pobre pastor de cabras que criara-o e, cujo filho, ele sempre acreditara ter sido. O filho da filha única do velho Rei de um casamento secreto com alguém de classe muito mais baixa que a sua – um estrangeiro, disseram alguns, que, pela magia maravilhosa do seu alaúde, tinha feito a jovem Princesa amá-lo; enquanto outros falavam de um artista de Rimini, a quem a Princesa tinha demonstrado grande estima, talvez até demais, e que de repente desaparecera da cidade, deixando o seu trabalho na Catedral inacabado – ele tinha sido, com menos duma semana de idade, roubado da sua mãe, enquanto ela dormia, e entregue aos

into the charge of a common peasant and his wife, who were without children of their own, and lived in a remote part of the forest, more than a day's ride from the town. Grief, or the plague, as the court physician stated, or, as some suggested, a swift Italian poison administered in a cup of spiced wine[1], slew, within an hour of her wakening, the white girl who had given him birth, and as the trusty messenger who bare the child across his saddle-bow stooped from his weary horse and knocked at the rude door of the goatherd's hut, the body of the Princess was being lowered into an open grave that had been dug in a deserted churchyard, beyond the city gates, a grave where it was said that another body was also lying, that of a young man of marvellous and foreign beauty, whose hands were tied behind him with a knotted cord, and whose breast was stabbed with many red wounds.

Such, at least, was the story that men whispered to each other. Certain it was that the old King, when on his deathbed, whether moved by remorse for his great sin, or merely desiring that the kingdom should not pass away from his line, had had the lad sent for, and, in the presence of the Council, had acknowledged him as his heir.

[1] In the original, "spiced wine", also known as "mulled wine", is prepared in England with heated red wine, usually Port wine, Madeira or Claret wine, sugar, cinnamon, clove, nutmeg and star anise. In other European countries other ingredients are used, such as vanilla, cardamon, some red fruits, ginger and apple.

cuidados dum simples camponês e da sua esposa, que não possuíam filhos e que viviam numa parte remota da floresta, a mais de um dia de viagem de distância da cidade. A dor, ou a peste, conforme o médico da corte declarou, ou, como alguns sugeriram, um sutil veneno italiano, administrado numa taça de vinho quente[1], assassinou, uma hora após o seu despertar, a jovem de pele branca que dera-lhe à luz e, no mesmo instante em que o fiel mensageiro que pusera a criança sobre o arco da sua sela descia do seu exausto cavalo e batia à porta grosseira da cabana do pastor, o corpo da Princesa era baixado numa cova aberta, cavada num adro deserto, além dos portões da cidade, um túmulo onde dizia-se que outro corpo também jazia, o corpo de um jovem de beleza estrangeira e maravilhosa, cujas mãos estavam amarradas às costas com uma corda cheia de nós e, cujo peito estava coberto de punhaladas e feridas avermelhadas.

Tal era, pelo menos, a história que os homens sussurravam uns aos outros. Certo era que o velho Rei, no seu leito de morte, movido pelo remorso do seu grande pecado, ou simplesmente por desejar que o reino não passasse a alguém que não fosse da sua linhagem, ordenou que buscassem-lhe o jovem e, na presença do Conselho, reconheceu-o como o seu herdeiro.

---

[1] No original, "spiced wine", também conhecido como "mulled wine", é preparado em Inglaterra com vinho tinto aquecido, geralmente vinho do Porto, vinho Madeira ou Clarete, açúcar, canela, cravo-da-índia, noz-moscada e anís-estrelado. Em outros países europeus são utilizados outros ingredientes como baunilha, cardamono, algumas frutas vermelhas, gengibre e maçã.

And it seems that from the very first moment of his recognition he had shown signs of that strange passion for beauty that was destined to have so great an influence over his life. Those who accompanied him to the suite of rooms set apart for his service, often spoke of the cry of pleasure that broke from his lips when he saw the delicate raiment and rich jewels that had been prepared for him, and of the almost fierce joy with which he flung aside his rough leathern tunic and coarse sheepskin cloak. He missed, indeed, at times the fine freedom of his forest life, and was always apt to chafe at the tedious Court ceremonies that occupied so much of each day, but the wonderful palace – *Joyeuse*, as they called it – of which he now found himself lord, seemed to him to be a new world fresh-fashioned for his delight; and as soon as he could escape from the Council-board or Audience-Chamber, he would run down the great staircase, with its lions of gilt bronze and its steps of bright porphyry, and wander from room to room, and from corridor to corridor, like one who was seeking to find in beauty an anodyne from pain, a sort of restoration from sickness.

Upon these journeys of discovery, as he would call them – and, indeed, they were to him real

E desde aquele primeiro momento do seu reconhecimento parece que demonstrara sinais daquela estranha paixão pela beleza que estava destinada a ter tão grande influência sobre a sua vida. Aqueles que acompanharam-o ao conjunto de quartos destinados ao seu serviço frequentemente comentavam a respeito do grito de prazer que rompeu dos seus lábios ao ver o delicado vestuário e as ricas joias que foram-lhe preparados, e a alegria quase selvagem com a qual arremessou para longe a túnica áspera de couro e o manto grosseiro de pele de carneiro. No entanto, ele, às vezes, sentia falta da agradável liberdade da sua vida na floresta, e sempre estava apto a ficar irritado com as tediosas cerimônias da Corte que ocupavam tanto de cada dia, mas o maravilhoso palácio – *Joyeuse*, como costumavam chamá-lo – do qual agora era soberano, parecia-lhe um novo mundo recém-criado para o seu deleite; e logo que podia escapar do Conselho ou da Câmara de Audiências, lançava-se à grande escadaria, com os seus leões de bronze dourado e degraus de alabastro brilhante, e vagava de sala em sala e de corredor em corredor, como quem busca encontrar na beleza um alívio para a dor, uma espécie de restauração da doença.

Nessas jornadas de descobertas, como ele costumava chamá-las – e, de fato, eram para ele verda-

voyages through a marvellous land, he would sometimes be accompanied by the slim, fair-haired Court pages, with their floating mantles, and gay fluttering ribands; but more often he would be alone, feeling through a certain quick instinct, which was almost a divination, that the secrets of art are best learned in secret, and that Beauty, like Wisdom, loves the lonely worshipper.

Many curious stories were related about him at this period. It was said that a stout Burgo-master, who had come to deliver a florid oratorical address on behalf of the citizens of the town, had caught sight of him kneeling in real adoration before a great picture that had just been brought from Venice, and that seemed to herald the worship of some new gods. On another occasion he had been missed for several hours, and after a lengthened search had been discovered in a little chamber in one of the northern turrets of the palace gazing, as one in a trance, at a Greek gem carved with the figure of Adonis. He had been seen, so the tale ran, pressing his warm lips to the marble brow of an antique statue that had been discovered in the bed of the river on the occasion of the building of the stone bridge, and was inscribed with the name of the Bithynian slave[2] of Hadrian. He had passed a

---

2   It refers to Antinous (ca. 110-130 AD), a member of the nearest
circle of the Emperor Hadrian of Rome (76-130 AD), a sort of page
or "pets boy", probably a catamite. After his death, drowned in the
river Nile, the emperor decreed his deification, associating him to
Dionysus. Over the centuries, Antinous became synonymous with
the classic beauty ideal of the youth of the Roman period.

deiras viagens através de uma terra maravilhosa, ele, algumas vezes, era acompanhado pelos belos pajens favoritos da Corte, com mantos flutuantes e alegres fitas esvoaçantes; contudo, e mais frequentemente, ia sozinho, pressentindo com certo instinto sutil, que era quase como uma adivinhação, que os segredos da arte são melhores descobertos em segredo, e que a Beleza, tal qual a Sabedoria, ama o adorador solitário.

Muitas histórias curiosas eram relatadas sobre ele nesse período. Dizia-se que um vigoroso Burgomestre, que viera pronunciar um discurso floreado em nome dos cidadãos da cidade, apanhara-o de joelhos em verdadeira adoração diante de um grande quadro que acabara de ser trazido de Veneza, e que parecia anunciar o culto de alguns novos deuses. Em outra ocasião, foi procurado por várias horas, e depois de uma longa busca, foi descoberto num pequeno aposento, num dos torreões do lado norte do palácio, a olhar fixamente, como num transe, para uma joia grega esculpida com a figura de Adônis. Também foi visto, segundo o que conta-se, a pressionar os seus lábios mornos contra a testa de mármore de uma estátua antiga que tinha sido descoberta no leito do rio por ocasião da construção da ponte de pedra, na qual estava inscrito o nome do escravo bitínio[2] de Adriano.

---

2   Refere-se a Antínoo (ca. 110-130 d.C), membro do círculo mais próximo do imperador Adriano de Roma (76-130 d.C), uma espécie de pajem ou "menino de estimação", provavelmente um catamita. Após a sua morte, afogado no Nilo, o imperador decretou a sua deificação e associou-o a Dionísio. Ao longo dos séculos, Antínoo passou a ser sinônimo do ideal de Beleza clássica da juventude do período romano.

whole night in noting the effect of the moonlight on a silver image of Endymion[3].

All rare and costly materials had certainly a great fascination for him, and in his eagerness to procure them he had sent away many merchants, some to traffic for amber with the rough fisher-folk of the north seas, some to Egypt to look for that curious green turquoise which is found only in the tombs of kings, and is said to possess magical properties, some to Persia for silken carpets and painted pottery, and others to India to buy gauze and stained ivory, moonstones and bracelets of jade, sandal-wood and blue enamel and shawls of fine wool.

But what had occupied him most was the robe he was to wear at his coronation, the robe of tissued gold, and the ruby-studded crown, and the sceptre with its rows and rings of pearls. Indeed, it was of this that he was thinking tonight, as he lay back on his luxurious couch, watching the great pinewood log that was burning itself out on the open hearth. The designs, which were from the hands of the most famous artists of the time, had been submitted to him many months before, and he had given orders that the artificers were to toil night and day to carry them out, and that the whole world was to be searched for jewels that would

3   Endymion was a king of the Greek city of Elis, son of Aethlius, in turn son of Zeus and Protogenia, one of the daughters of Deucalion. He was much coveted by several goddesses, but he fell in love with Selene, the Titan goddess of the Moon. Legend has it that he became a shepherd to get rid of his sins. According to Apollonius of Rhodes, after Selene, the goddess of the Moon, also fell in love with Endymion, which was very handsome, Zeus offered him as a reward what he wished; he chosed to sleep forever so that he would remain forever young and immortal.

Passara uma noite inteira a salientar o efeito do luar sobre a imagem prateada de Endimião[3].

Todos os materiais raros e caros certamente tinham grande fascínio sobre ele e, na ânsia de adquiri-los, enviara muitos mercadores, alguns para negociar o âmbar com os brutais pescadores dos mares do Norte, alguns ao Egito para procurarem aquela curiosa turquesa verde que é encontrada somente nas tumbas dos reis e que dizem possuir propriedades mágicas, alguns à Pérsia em busca de tapetes de seda e cerâmica pintada e outros à Índia para comprar renda e marfim vitrificado, pedras-da-lua e pulseiras de jade, sândalo, esmalte-vidrado azul e xales da mais fina lã.

Mas o que mais o ocupava era a túnica que ele vestiria na sua coroação, o manto tecido em ouro, a coroa cravejada de rubis e o cetro com as suas carreiras e anéis de pérolas. De fato, era naquilo que ele pensava àquela noite, ao deitar-se sobre o seu luxuoso divã, enquanto observava o grande tronco de pinho que consumia-se na lareira aberta. Os desenhos, que eram obras das mãos dos mais renomados artistas da época, tinham sido submetidos a ele muitos meses antes, e tinha dado ordens aos artífices que trabalhassem duramente, noite e dia, para executá-los, e que o mundo todo fosse revistado em busca de joias que

3   Endimião foi um rei da cidade grega de Élis, filho de Étlio, por sua vez filho de Zeus e Protogênia, uma das filhas de Deucalião. Era muito cobiçado por várias deusas, porém apaixonou-se por Selene, a deusa titã da Lua. Diz a lenda, que ele passava-se por pastor para conseguir livrar-se dos seus pecados. Segundo Apolônio de Rodes, depois que Selene, a deusa da Lua, apaixonou-se também por Endimião, que era muito belo, Zeus ofereceu-lhe como prêmio o que ele desejasse; ele escolheu dormir para sempre para permanecer para sempre jovem e imortal.

be worthy of their work. He saw himself in fancy standing at the high altar of the cathedral in the fair raiment of a King, and a smile played and lingered about his boyish lips, and lit up with a bright lustre his dark woodland eyes.

After some time he rose from his seat, and leaning against the carved penthouse of the chimney, looked round at the dimly-lit room. The walls were hung with rich tapestries representing the "Triumph of Beauty." A large press, inlaid with agate and lapis-lazuli, filled one corner, and facing the window stood a curiously wrought cabinet with lacquer panels of powdered and mosaiced gold, on which were placed some delicate goblets of Venetian glass, and a cup of dark-veined onyx. Pale poppies were broidered on the silk coverlet of the bed, as though they had fallen from the tired hands of sleep, and tall reeds of fluted ivory bare up the velvet canopy, from which great tufts of ostrich plumes sprang, like white foam, to the pallid silver of the fretted ceiling. A laughing Narcissus, in green bronze, held a polished mirror above its head. On the table stood a flat bowl of amethyst.

Outside he could see the huge dome of the cathedral, looming like a bubble over the shadowy

fossem valiosas para o trabalho. Ao imaginar-se em pé no altar-mor da catedral, com os trajes apropriados de um Rei, um sorriso tocou e demorou-se sobre os seus lábios de menino, a iluminar com um brilho reluzente os seus olhos escuros como as florestas.

Após algum tempo, levantou-se e, encostado contra o alpendre entalhado da lareira, olhou ao redor da sala pouco iluminada. As paredes eram decoradas com ricas tapeçarias representando o "Triunfo da Beleza." Uma grande prensa, incrustada com ágata e lápis-lazúli, ocupava um dos cantos e, diante da janela, ficava um curioso armário ornado com painéis laqueados com ouro em pó e mosaicos, no qual estavam guardadas algumas delicadas taças de cristal veneziano e uma copa de ônix negro marmorizado. Papoulas brancas foram bordadas nas colchas de seda da cama, como se tivessem caído das mãos exaustas do sono, e grandes juncos de marfim estriado sustentavam o dossel de veludo, do qual grandes ramos de plumas de avestruz saltavam como espuma branca até a prata empalidecida do teto entalhado. Um Narciso sorridente, de bronze verde, segurava um espelho polido acima da sua cabeça. Sobre a mesa, repousava um vaso raso de ametista.

Do lado de fora, ele podia avistar o imenso domo da catedral, a despontar como uma bolha sobre as casas

houses, and the weary sentinels pacing up and down on the misty terrace by the river. Far away, in an orchard, a nightingale was singing. A faint perfume of jasmine came through the open window. He brushed his brown curls back from his forehead, and taking up a lute, let his fingers stray across the cords. His heavy eyelids drooped, and a strange languor came over him. Never before had he felt so keenly, or with such exquisite joy, the magic and the mystery of beautiful things.

When midnight sounded from the clock-tower he touched a bell, and his pages entered and disrobed him with much ceremony, pouring rose-water over his hands, and strewing flowers on his pillow. A few moments after that they had left the room, he fell asleep.

And as he slept he dreamed a dream, and this was his dream.

He thought that he was standing in a long, low attic, amidst the whir and clatter of many looms.

sombrias, e as sentinelas fatigadas a percorrer dum lado para o outro o terraço enovoado junto ao rio. Bem longe, num pomar, um rouxinol cantava. Um leve perfume de jasmim entrou pela janela aberta. Penteou os seus cachos castanhos para trás da sua cabeça e, a tomar o alaúde, deixou que os seus dedos deslizassem pelas cordas. As suas pesadas pálpebras curvaram-se e uma estranha languidez caiu sobre ele. Nunca antes tinha sentido de maneira tão penetrante, nem com tal alegria delicada, a magia e o mistério das coisas belas.

Ao soar a meia-noite na torre do relógio, tocou uma sineta e os seus pajens entraram e despiram-no com muita cerimônia, verteram água de rosas sobre as suas mãos e espalharam flores sobre o travesseiro. Alguns momentos depois de eles deixarem o quarto, ele adormeceu.

E assim que ele adormeceu, sonhou, e este foi o seu sonho.

Sonhou que estava num água-furtada comprida e baixa entre o zumbido e o ruído de muitos teares. A luz

The meagre daylight peered in through the grated windows, and showed him the gaunt figures of the weavers bending over their cases. Pale, sickly-looking children were crouched on the huge crossbeams. As the shuttles dashed through the warp they lifted up the heavy battens, and when the shuttles stopped they let the battens fall and pressed the threads together. Their faces were pinched with famine, and their thin hands shook and trembled. Some haggard women were seated at a table sewing. A horrible odour filled the place. The air was foul and heavy, and the walls dripped and streamed with damp.

The young King went over to one of the weavers, and stood by him and watched him.

And the weaver looked at him angrily, and said, "Why art thou watching me? Art thou a spy set on us by our master?"

"Who is thy master?" asked the young King.

"Our master!" cried the weaver, bitterly. "He is a man like myself. Indeed, there is but this difference between us – that he wears fine clothes while I go in rags, and that while I am weak from hunger, he suffers not a little from overfeeding."

"The land is free", said the young King, "and thou art no man's slave."

escassa do dia perscrutou através das janelas quebradas, e mostrou-lhe as abatidas figuras de tecelões curvados sobre gabinetes. Crianças pálidas com aparência doente estavam agachadas sobre enormes trave-mestras. À medida que as lançadeiras atravessavam a urdidura, levantavam as pesadas ripas e, quando as lançadeiras paravam, deixavam as ripas caírem e pressionar os fios juntos. Os seus rostos eram marcados pela fome e as mãos magras agitavam-se e tremiam. Algumas mulheres cansadas estavam sentadas numa mesa de costura. Um terrível odor preenchia o lugar. O ar era asqueroso e denso e as paredes escorriam e gotejavam com a umidade.

O jovem Rei foi ter com um dos tecelões, e postou-se ao seu lado a observar-lhe.

E o tecelão olhou para ele com fúria, e disse, "Por que estais a olhar-me? Sois um espião enviado pelo nosso mestre?"

"Quem é o vosso mestre?", perguntou o jovem Rei.

"Nosso mestre!", gritou o tecelão, cheio de amargura. "É um homem como eu. De fato, há somente uma diferença entre nós – ele veste belas roupas enquanto eu, andrajos, e enquanto estou tomado pela fome, ele não sofre nem um pouco por enfastiar-se."

"A terra é livre", disse o jovem Rei, "e não sois escravo de nenhum homem."

"In war", answered the weaver, "the strong make slaves of the weak, and in peace the rich make slaves of the poor. We must work to live, and they give us such mean wages that we die. We toil for them all day long, and they heap up gold in their coffers, and our children fade away before their time, and the faces of those we love become hard and evil. We tread out the grapes and another drinks the wine. We sow the corn and our own board is empty. We have chains, though no eye beholds them; and are slaves, though men call us free."

"Is it so with all?", he asked.

"It is so with all", answered the weaver, "with the young as well as with the old, with the women as well as with the men, with the little children as well as with those who are stricken in years. The merchants grind us down, and we must needs do their bidding. The priest rides by and tells his beads, and no man has care of us. Through our sunless lanes creeps Poverty with her hungry eyes, and Sin with his sodden face follows close behind her. Misery wakes us in the morning, and Shame sits with us at night. But what are these things to thee? Thou art not one of us. Thy face is too happy." And he turned away scowling,

"Na guerra", respondeu o tecelão, "os fortes escravizam os fracos, e na paz, os ricos tornam os pobres escravos. Devemos trabalhar para viver, mas eles nos dão tão insignificante salário que morremos. Trabalhamos duro para eles o dia todo, acumulam ouro em seus cofres, e nossas crianças esvaiem-se antes do tempo, e os rostos daqueles que amamos tornam-se duros e maus. Pisamos as uvas e outros bebem o vinho. Semeamos o trigo e nossa própria mesa está vazia. Usamos correntes, embora ninguém veja-as; e somos escravos, mesmo que os homens digam que somos livres."

"É assim com todos?", ele perguntou.

"É assim com todos", respondeu o tecelão, "tanto com os jovens quanto com os velhos, as mulheres e também os homens, com as criancinhas e com aqueles adentrados em anos. Os mercadores massacram-nos e temos de atender às suas necessidades. O padre acompanha-nos, a rezar o rosário, mas ninguém importa-se conosco. Através dos nossos caminhos sem sol, a Pobreza arrasta-se com olhos famintos, e o Pecado com o seu rosto inexpressivo segue logo atrás dela. A Miséria acorda-nos pela manhã e a Vergonha senta-se conosco à noite. Mas o que importa tudo isso para vós? Não sois um de nós. Vosso rosto é muito feliz."

and threw the shuttle across the loom, and the young King saw that it was threaded with a thread of gold.

And a great terror seized upon him, and he said to the weaver, "What robe is this that thou art weaving?"

"It is the robe for the coronation of the young King", he answered; "what is that to thee?"

And the young King gave a loud cry and woke, and lo! he was in his own chamber, and through the window he saw the great honey-coloured moon hanging in the dusky air.

And he fell asleep again and dreamed, and this was his dream.

He thought that he was lying on the deck of a huge galley that was being rowed by a hundred slaves. On a carpet by his side the master of the galley was seated. He was black as ebony, and his turban was of crimson silk. Great earrings of silver dragged down the thick lobes of his ears, and in his hands he had a pair of ivory scales.

The slaves were naked, but for a ragged loin-cloth, and each man was chained to his neighbour. The hot sun beat brightly upon them, and the negroes ran up and down the gangway and lashed them with whips of hide. They stretched out their lean arms and pulled

Virou-se tomado de raiva e atirou a lançadeira pelo tear, e o jovem Rei viu que tecia com um fio de ouro.

E um imenso horror apoderou-se dele, e disse ao tecelão, "Que manto é esse que estais tecendo?"

"É a túnica para a coroação do jovem Rei", ele respondeu, "mas o que isso importa para vós?"

E o jovem Rei deu um grande grito e acordou, e eis! Estava em seu próprio aposento, e através da janela, viu a imensa lua tingida de mel, suspensa dentro do ar enegrecido.

E ele adormeceu novamente e sonhou, e foi este o sonho que teve.

Sonhou que estava deitado no convés duma enorme galé que movia-se remada por uma centena de escravos. Sobre um tapete ao seu lado, o mestre da galé estava sentado. Era tão negro quanto o ébano e o seu turbante era de seda carmesim. Grandes brincos de prata puxavam para baixo os grossos lóbulos das suas orelhas e às mãos trazia uma balança de marfim.

Os escravos estavam nus, exceto por uma tanga esfarrapada, e cada homem estava acorrentado ao seu vizinho. O sol quente batia brilhantemente sobre eles, e os negros corriam de um lado para o outro pelo passadiço, a açoitá-los com chicotes de couro. Estendiam

the heavy oars through the water. The salt spray flew from the blades.

At last they reached a little bay, and began to take soundings. A light wind blew from the shore, and covered the deck and the great lateen sail with a fine red dust. Three Arabs mounted on wild asses rode out and threw spears at them. The master of the galley took a painted bow in his hand and shot one of them in the throat. He fell heavily into the surf, and his companions galloped away. A woman wrapped in a yellow veil followed slowly on a camel, looking back now and then at the dead body.

As soon as they had cast anchor and hauled down the sail, the negroes went into the hold and brought up a long rope-ladder, heavily weighted with lead. The master of the galley threw it over the side, making the ends fast to two iron stanchions. Then the negroes seized the youngest of the slaves and knocked his gyves off, and filled his nostrils and his ears with wax, and tied a big stone round his waist. He crept wearily down the ladder, and disappeared into the sea. A few bubbles rose where he sank. Some of the other slaves peered curiously over the side. At the prow of the galley sat a shark-charmer, beating monotonously upon a drum.

os braços magros e puxavam os pesados remos através da água. Gotículas de sal espirravam das pás.

Finalmente chegaram à pequena baía e começaram a tirar sondagens. Um vento leve soprava da costa e cobriu o convés e a grande vela latina com uma fina poeira vermelha. Três árabes montados em burros selvagens cavalgaram e jogaram as lanças neles. O mestre da galé tomou um arco pintado em sua mão e acertou um deles na garganta, que caiu pesadamente sobre as ondas, e os seus companheiros afastaram-se, a galopar. Uma mulher, envolta num véu amarelo, seguiu lentamente sobre um camelo, a olhar vez ou outra para o corpo morto.

Assim que lançaram a âncora e baixaram a vela, os negros desceram ao porão e trouxeram uma longa escada de cordas, bem lastreada com chumbo. O mestre da galé atirou-a para fora, e amarrou-a em dois balaústres de ferro. Então os negros agarraram o mais jovem dos escravos, tiraram-lhe os grilhões, preencheram as suas narinas e ouvidos com cera e ataram uma enorme pedra na sua cintura. Ele arrastou-se escada abaixo, de modo deprimente, e desapareceu no mar. Algumas poucas bolhas subiram onde afundara. Alguns dos outros escravos olhavam curiosamente sobre a borda. Na proa da galé sentava-se um encantador de tubarões a bater monotonamente num tambor.

After some time, the diver rose up out of the water, and clung panting to the ladder with a pearl in his right hand. The negroes seized it from him, and thrust him back. The slaves fell asleep over their oars.

Again and again he came up, and each time that he did so he brought with him a beautiful pearl. The master of the galley weighed them, and put them into a little bag of green leather.

The young King tried to speak, but his tongue seemed to cleave to the roof of his mouth, and his lips refused to move. The negroes chattered to each other, and began to quarrel over a string of bright beads. Two cranes flew round and round the vessel.

Then the diver came up for the last time, and the pearl that he brought with him was fairer than all the pearls of Ormuz, for it was shaped like the full moon, and whiter than the morning star. But his face was strangely pale, and as he fell upon the deck the blood gushed from his ears and nostrils. He quivered for a little, and then he was still. The negroes shrugged their shoulders, and threw the body overboard.

And the master of the galley laughed, and, reaching out, he took the pearl, and when he saw it he pressed it to his forehead and bowed. "It shall be",

Depois de algum tempo, o mergulhador emergiu da água e agarrou-se ofegante à escada com uma pérola à mão direita. Os negros tomaram-na dele e empurraram-no de volta. Os escravos dormiam sobre os seus remos.

Várias e várias ele emergia, e cada vez que assim ele fazia, trazia consigo uma bela pérola. O mestre da galé pesava-as e guardava-as dentro de um pequeno saco de couro verde.

O jovem Rei tentou falar, mas a sua língua pareceu estar presa ao céu da boca e os lábios recusavam-se a mover. Os negros falavam uns aos outros e começaram a discutir sobre um colar de contas brilhantes. Duas garças voavam e voavam ao redor da nau.

Então o mergulhador subiu uma última vez, e a pérola que trazia com ele era mais bela que todas as pérolas de Ormuz, pois tinha a forma da lua cheia, e mais branca que a estrela matutina. Mas o seu rosto estava estranho e pálido, e assim que caiu sobre o convés o sangue jorrou das suas orelhas e narinas. Estremeceu por um momento, e então ficou imóvel. Os negros deram de ombros, e arremessaram o corpo ao mar.

E o mestre da galé riu, e a esticat-se todo, tomou a pérola nas mãos, e quando viu-a, pressionou-a contra a sua testa e curvou-se. "Esta será", disse ele, "para

he said, "for the sceptre of the young King", and he made a sign to the negroes to draw up the anchor.

And when the young King heard this he gave a great cry, and woke, and through the window he saw the long grey fingers of the dawn clutching at the fading stars.

And he fell asleep again, and dreamed, and this was his dream.

He thought that he was wandering through a dim wood, hung with strange fruits and with beautiful poisonous flowers. The adders hissed at him as he went by, and the bright parrots flew screaming from branch to branch. Huge tortoises lay asleep upon the hot mud. The trees were full of apes and peacocks.

On and on he went, till he reached the outskirts of the wood, and there he saw an immense multitude of men toiling in the bed of a dried-up river. They swarmed up the crag like ants. They dug deep pits in the ground and went down into them. Some of them cleft the rocks with great axes; others grabbled in the sand.

They tore up the cactus by its roots, and trampled on the scarlet blossoms. They hurried about, calling to each other, and no man was idle.

o cetro do jovem Rei", e fez um sinal para que os negros levantassem a âncora.

E quando o jovem Rei ouviu isso soltou um grande grito, e despertou, e através da janela viu os longos e cinzas dedos da aurora a agarrar as estrelas que já desvaneciam.

E adormeceu novamente e sonhou, e foi este o sonho que teve.

Imaginou que vagava por um bosque sombrio, tomado por frutas estranhas e com belas flores venenosas. As víboras sibilavam quando ele passava, e papagaios brilhantes voavam a gritar, de galho em galho. Enormes tartarugas dormiam deitadas na lama quente. As árvores estavam tomadas por macacos e pavões.

E continuou e continuou adiante até atingir os limites do bosque, e lá avistou uma imensa multidão de homens a labutar no leito de um rio drenado. Pululavam o penhasco como formigas. Cavavam poços profundos no solo e desciam para dentro deles. Alguns deles fissuravam as rochas com grandes machados; outros tateavam a areia.

Arrancavam os cactos pelas raízes e pisoteavam as flores escarlates. Estavam com pressa, chamando uns aos outros e nenhum homem estava ocioso.

From the darkness of a cavern Death and Avarice watched them, and Death said, "I am weary; give me a third of them and let me go."

But Avarice shook her head. "They are my servants", she answered.

And Death said to her, "What hast thou in thy hand?"

"I have three grains of corn", she answered; "what is that to thee?"

"Give me one of them", cried Death, "to plant in my garden; only one of them, and I will go away."

"I will not give thee anything", said Avarice, and she hid her hand in the fold of her raiment.

And Death laughed, and took a cup, and dipped it into a pool of water, and out of the cup rose Ague. She passed through the great multitude, and a third of them lay dead. A cold mist followed her, and the water-snakes ran by her side.

And when Avarice saw that a third of the multitude was dead she beat her breast and wept. She beat her barren bosom, and cried aloud. "Thou hast slain a third of my servants", she cried, "get thee gone. There is war in the mountains of Tartary, and the kings of each side are calling to thee. The Afghans have slain

Da escuridão de uma caverna, a Morte e a Avareza observavam-nos, e a Morte disse, "Estou exausta, dê-me um terço deles e deixe-me partir."

Mas a Avareza meneou a sua cabeça: "Eles são os meus servos", ela respondeu.

E a Morte respondeu-lhe: "O que tens em tua mão?"

"Trago três grãos de trigo", respondeu ela, "O que isso importa para ti?"

"Dê-me um deles", clamou a Morte, "para que plante em meu jardim; apenas um deles, e partirei."

"Não te darei nada", disse a Avareza, e ocultou a sua mão dentro das pregas do seu fato.

E a Morte riu, tomou de uma taça e mergulhou-a dentro de uma poça de água, e da taça surgiu a Sezão. Ela atravessou a grande multidão e um terço dela caiu morta. Uma fria névoa seguia-a, e cobras d'água correram ao seu lado.

E quando a Avareza viu que um terço da multidão estava morta, golpeou o seu peito e chorou. Ao bater no seio estéril, lamentou-se em voz alta. "Mataste um terço dos meus servos", brandiu, "vai-te embora. Há guerra nas montanhas dos Tártaros, e os reis de cada lado clamam por ti. Os Afegãos já mataram o touro

the black ox[4], and are marching to battle. They have beaten upon their shields with their spears, and have put on their helmets of iron. What is my valley to thee, that thou shouldst tarry in it? Get thee gone, and come here no more."

"Nay", answered Death, "but till thou hast given me a grain of corn I will not go."

But Avarice shut her hand, and clenched her teeth. "I will not give thee anything", she muttered.

And Death laughed, and took up a black stone, and threw it into the forest, and out of a thicket of wild hemlock came Fever in a robe of flame. She passed through the multitude, and touched them, and each man that she touched died. The grass withered beneath her feet as she walked.

And Avarice shuddered, and put ashes on her head. "Thou art cruel", she cried; "thou art cruel. There is famine in the walled cities of India, and the cisterns of Samarcand have run dry. There is famine in the walled cities of Egypt, and the locusts have come up from the desert. The Nile has not overflowed its banks, and the priests have cursed Isis and Osiris. Get thee gone to those who need thee, and leave me my servants."

---

4   The author refers to an ancient Indo-European tradition, linked to Persian Mithraism, where a black bull was sacrificed to the gods of the underworld before the beginning of a battle.

negro[4] e estão a marchar para a batalha. Bateram sobre os seus escudos com as suas lanças e puseram os seus elmos de ferro. O que é o meu vale para ti, para que nele tu te demores? Vai-te embora, e não retornes mais aqui."

"Não", respondeu a Morte, "enquanto não me deres um grão de trigo, não partirei."

Mas a Avareza fechou a sua mão, e ao cerrar os seus dentes, resmungou. "Não te darei nada."

E a Morte riu, pegou de uma pedra negra e atirou--a para dentro da floresta, e de uma moita de cicuta selvagem surgiu a Febre com o seu manto de chamas. Passou pela multidão, e tocou-a, e cada homem que ela tocava morria. A relva murchava sob os seus pés enquanto ela caminhava.

E a Avareza estremeceu e cobriu de cinzas a sua cabeça. "És cruel", clamou; "És cruel. Há fome nas cidades muradas da Índia, e as cisternas de Samarcanda estão secas. Há fome nas cidades muradas do Egito e os gafanhotos subiram das terras do deserto. O Nilo não transbordou sobre as suas margens e os sacerdotes amaldiçoaram Ísis e Osíris. Vai-te embora para junto daqueles que precisam de ti, e deixa a mim e aos meus servos."

---

4   O autor refere-se a uma antiga tradição indo-europeia, vinculada ao Mitraísmo persa, onde um touro negro era sacrificado aos deuses do submundo antes do início de uma batalha.

"Nay", answered Death, "but till thou hast given me a grain of corn I will not go."

"I will not give thee anything", said Avarice.

And Death laughed again, and he whistled through his fingers, and a woman came flying through the air. "Plague" was written upon her forehead, and a crowd of lean vultures wheeled round her. She covered the valley with her wings, and no man was left alive.

And Avarice fled shrieking through the forest; and Death leaped upon his red horse and galloped away, and his galloping was faster than the wind.

And out of the slime at the bottom of the valley crept dragons and horrible things with scales, and the jackals came trotting along the sand, sniffing up the air with their nostrils.

And the young King wept, and said: "Who were these men, and for what were they seeking?"

"For rubies for a king's crown", answered one who stood behind him.

And the young King started, and, turning round, he saw a man habited as a pilgrim and holding in his hand a mirror of silver.

"Não", respondeu a Morte, "enquanto não me deres um grão de trigo eu não partirei."

"Não te darei nada", disse a Avareza.

E a Morte riu novamente e ela assobiou com os dedos, e uma mulher veio a voar pelos ares. "Praga" estava escrito sobre a sua fronte e um bando de abutres magros dava voltas em torno dela. Com as suas asas, cobriu todo o vale, e nenhum homem foi deixado vivo.

E a Avareza fugiu a guinchar pela floresta; e a Morte montou em seu cavalo vermelho e galopou para longe, e o seu galope era mais rápido que o vento.

E do lodo existente no fundo do vale rastejaram dragões e horríveis criaturas escamosas e os chacais vieram a trotar ao longo da areia, a farejar o ar com as suas narinas.

E o jovem Rei chorou, e disse: "Quem eram esses homens e o que eles estavam procurando?"

"Procuravam por rubis para a coroa de um rei", respondeu alguém postado atrás dele.

E então o jovem Rei estremeceu e, ao virar-se, viu um homem vestido como um peregrino a segurar em sua mão um espelho de prata.

And he grew pale, and said: "For what king?"

And the pilgrim answered: "Look in this mirror, and thou shalt see him."

And he looked in the mirror, and, seeing his own face, he gave a great cry and woke, and the bright sunlight was streaming into the room, and from the trees of the garden and *pleasaunce*[5] the birds were singing.

And the Chamberlain and the high officers of State came in and made obeisance to him, and the pages brought him the robe of tissued gold, and set the crown and the sceptre before him.

And the young King looked at them, and they were beautiful. More beautiful were they than aught that he had ever seen. But he remembered his dreams, and he said to his lords: "Take these things away, for I will not wear them."

And the courtiers were amazed, and some of them laughed, for they thought that he was jesting.

But he spake sternly to them again, and said: "Take these things away, and hide them from me. Though it be the day of my coronation, I will not wear them. For on the loom of Sorrow, and by the white hands of Pain, has this my robe been woven. There is Blood in

5   A region of garden with the sole purpose of giving pleasure to the senses, but not offering fruit or sustenance.

E ele ficou pálido, e disse: "Para qual rei?."

E o peregrino respondeu: "Olhe para dentro deste espelho e vós o vereis."

E ele olhou para o espelho e, ao ver o seu próprio rosto, soltou um grande lamento e despertou, e a brilhante luz do sol estava a transbordar para dentro do quarto, e das árvores do jardim e do *pleasaunce*[5] os pássaros estavam a cantar.

E o Camarista e os altos oficiais do Estado entraram e fizeram uma reverencia para ele, e os pajens trouxeram-lhe o manto tecido com ouro e puseram a coroa e o cetro diante dele.

E o jovem Rei contemplou os objetos, e eles eram belos. Eram mais belos do que do que qualquer coisa que ele já tivesse visto. Porém ele recordou-se dos seus sonhos e disse aos seus lordes: "Levem estas coisas embora daqui, pois não as usarei."

E os cortesãos ficaram espantados, e alguns deles riram, pois pensaram que ele estava a brincar.

Mas ele falou-lhes novamente, com severidade, e disse: "Levem estas coisas embora daqui e escondam-nas de mim. Embora seja o dia da minha coroação, eu não as usarei. Pois no tear da Tristeza, e pelas mãos alvas da Dor, este meu manto tem sido tecido.

5   Uma região de jardim com o único propósito de dar prazer aos sentidos, mas não o de oferecer frutos ou sustento.

the heart of the ruby, and Death in the heart of the pearl." And he told them his three dreams.

And when the courtiers heard them they looked at each other and whispered, saying, "Surely he is mad; for what is a dream but a dream, and a vision but a vision? They are not real things that one should heed them. And what have we to do with the lives of those who toil for us? Shall a

Há Sangue no coração do rubi, e Morte no coração da pérola." E contou-lhes os seus três sonhos.

E ao ouvirem os cortesãos entreolharam-se e sussurraram, a dizer, "Certamente está louco, pois o que é um sonho além de um sonho e uma visão além de uma visão? Não são coisas reais que devem-se considerar. E o que temos com as vidas daqueles que laboram por nós? Um homem não

man not eat bread till he has seen the sower, nor drink wine till he has talked with the vinedresser?"

And the Chamberlain spake to the young King, and said, "My lord, I pray thee set aside these black thoughts of thine, and put on this fair robe, and set this crown upon thy head. For how shall the people know that thou art a king, if thou hast not a king's raiment?"

And the young King looked at him. "Is it so, indeed?", he questioned. "Will they not know me for a king if I have not a king's raiment?"

"They will not know thee, my lord", cried the Chamberlain.

"I had thought that there had been men who were kinglike", he answered, "but it may be as thou sayest. And yet I will not wear this robe, nor will I be crowned with this crown, but even as I came to the palace so will I go forth from it."

And he bade them all leave him, save one page whom he kept as his companion, a lad a year younger than himself. Him he kept for his service, and when he had bathed himself in clear water, he opened a great painted chest, and from it he took the leathern tunic and rough sheepskin cloak that he had worn

comerá o pão até que veja o semeador, nem beberá o vinho enquanto não venha a falar com o vinhateiro?"

E o Camarista dirigiu-se ao jovem Rei, e disse, "Meu senhor, rogo-vos para que mandeis embora estes vossos pensamentos sombrios, e que vistais este belo manto e que coloqueis esta coroa sobre a vossa cabeça. Pois como o povo saberá que sois o rei se não tivéreis as vestimentas de um rei?"

E o jovem Rei olhou para ele "De fato, é assim?", perguntou ele. "Não me reconhecerão como rei se eu não usar as vestimentas de um rei?"

"Não vos reconhecerão, meu senhor", exclamou o Camarista.

"Pensava eu que havia homens que possuiam majestade", respondeu, "mas pode ser como dizeis. Ainda assim não vestirei essa túnica, nem serei coroado com esta coroa, mas do mesmo jeito que cheguei a este palácio, dele sairei."

E ordenou que todos deixassem-no, exceto por um pajem a quem manteve como companhia, e que era um ano mais jovem do que ele. Ele manteve-o para o seu serviço, e depois de ter-se banhado em água límpida, abriu uma grande arca pintada, e dela retirou a túnica de couro e o manto áspero de pele

when he had watched on the hillside the shaggy goats of the goatherd. These he put on, and in his hand he took his rude shepherd's staff.

And the little page opened his big blue eyes in wonder, and said smiling to him, "My lord, I see thy robe and thy sceptre, but where is thy crown?"

And the young King plucked a spray of wild briar that was climbing over the balcony, and bent it, and made a circlet of it, and set it on his own head.

"This shall be my crown", he answered.

And thus attired he passed out of his chamber into the Great Hall, where the nobles were waiting for him.

And the nobles made merry, and some of them cried out to him, "My lord, the people wait for their king, and thou showest them a beggar", and others were wroth and said, "He brings shame upon our state, and is unworthy to be our master." But he answered them not a word, but passed on, and went down the bright porphyry staircase, and out through the gates of bronze, and mounted upon his horse, and rode towards the cathedral, the little page running beside him.

And the people laughed and said, "It is the King's fool who is riding by", and they mocked him.

de carneiro que vestia quando vigiava, na encosta, as cabras peludas do cabreiro. Esses ele pôs sobre si, e tomou em suas mãos o seu tosco cajado de pastor.

E o pequeno pajem abriu os grandes olhos azuis em espanto, e disse-lhe sorrindo, "Meu senhor, vejo vossa túnica e vosso cetro, mas onde está vossa coroa?"

E o jovem Rei colheu um ramo de roseira-brava que subia pelo balcão, e torceu-o a formar com ele um círculo e colocou-o sobre a sua própria cabeça.

"Esta será a minha coroa", respondeu ele.

E assim vestido passou da sua câmara para o Grande Salão, onde os nobres estavam a esperar por ele.

E os nobres acharam graça, e alguns deles gritaram para ele, "Meu senhor, as pessoas esperam pelo rei, e mostrais a elas um mendigo", e outros disseram com raiva, "Ele traz vergonha à nossa condição e não é digno de ser o nosso mestre." Mas ele não lhes respondeu uma única palavra sequer, apenas prosseguiu, descendo a reluzente escadaria de alabastro e atravessando os portões de bronze, e montando no seu cavalo, cavalgou em direção à catedral com o pequeno pajem correndo ao seu lado.

E as pessoas riram e disseram, "É o bufão do Rei que está cavalgando", e zombaram dele.

And he drew rein and said, "Nay, but I am the King." And he told them his three dreams.

And a man came out of the crowd and spake bitterly to him, and said, "Sir, knowest thou not that out of the luxury of the rich cometh the life of the poor? By your pomp we are nurtured and your vices give us bread. To toil for a hard master is bitter, but to have no master to toil for is more bitter still. Thinkest thou that the ravens will feed us? And what cure hast thou for these things? Wilt thou say to the buyer, 'Thou shalt buy for so much', and to the seller, 'Thou shalt sell at this price?' I trow not. Therefore go back to thy Palace and put on thy purple and fine linen. What hast thou to do with us, and what we suffer?"

"Are not the rich and the poor brothers?" asked the young King.

"Ay", answered the man, "and the name of the rich brother is Cain."

And the young King's eyes filled with tears, and he rode on through the murmurs of the people, and the little page grew afraid and left him.

And when he reached the great portal of the cathedral, the soldiers thrust their halberts out and said, "What dost thou seek here? None enters by this door

E ele segurou as rédeas e disse, "Não, eu sou apenas o Rei." E contou-lhes os seus três sonhos.

E um homem saiu da multidão e falou-lhe amargamente e disse, "Meu senhor, não sabeis que da vida luxuosa do rico depende a vida do pobre? Do seu fausto somos alimentados e os seus vícios trazem-nos o pão. Labutar para um mestre inclemente é amargo, mas não ter nenhum mestre a quem laborar é ainda mais amargo. Pensai que os corvos alimentar-nos-ão? E que solução tendes para tal? Querei dizer ao comprador, 'Deverás comprar por tal quantia' e ao vendedor, 'Deverás vender por tal preço?' Não creio. Portanto, voltai ao vosso palácio e colocai a vossa túnica púrpura e o linho refinado. Que sabeis sobre nós ou o que sofremos?"

"Não são os ricos e os pobres irmãos?", perguntou o jovem Rei.

"Sim", respondeu o homem, "e o nome do irmão rico é Caim."

E os olhos do jovem Rei encheram-se de lágrimas e ele atravessou os murmúrios do povo, e o pequeno pajem ficou com medo e abandonou-o.

E ao alcançar o grande portão da catedral, os soldados apontaram as suas alabardas e disseram, "Que procurais aqui? Ninguém entra por esta porta senão

but the King."

And his face flushed with anger, and he said to them, "I am the King", and waved their halberts aside and passed in.

And when the old Bishop saw him coming in his goatherd's dress, he rose up in wonder from his throne, and went to meet him, and said to him, "My son, is this a king's apparel? And with what crown shall I crown thee, and what sceptre shall I place in thy hand? Surely this should be to thee a day of joy, and not a day of abasement."

"Shall Joy wear what Grief has fashioned?" said the young King. And he told him his three dreams.

And when the Bishop had heard them he knit his brows, and said, "My son, I am an old man, and in

o próprio Rei."

E o seu rosto ruborizou com raiva, e ele disse para eles, "Eu sou o Rei", e afastou as suas alabardas para o lado e passou.

E quando o velho Bispo viu-o entrar vestindo os seus trajes de pastor, ergueu-se admirado do seu trono, e foi ao encontro dele, e disse, "Meu filho, é essa a indumentária de um rei? E com que coroa deverei coroar-vos, e qual cetro deverei por em vossas mãos? Certamente este deveria ser para vós um dia de alegria e não um dia de humilhação."

"Deverá a Alegria vestir o que a Dor modelou?", disse o jovem Rei. E contou-lhe os seus três sonhos.

Quando o Bispo terminou de ouvi-los, franziu as suas sobrancelhas, e disse, "Meu filho, sou

the winter of my days, and I know that many evil things are done in the wide world. The fierce robbers come down from the mountains, and carry off the little children, and sell them to the Moors. The lions lie in wait for the caravans, and leap upon the camels. The wild boar roots up the corn in the valley, and the foxes gnaw the vines upon the hill. The pirates lay waste the sea-coast and burn the ships of the fishermen, and take their nets from them. In the salt-marshes live the lepers; they have houses of wattled reeds, and none may come nigh them. The beggars wander through the cities, and eat their food with the dogs. Canst thou make these things not to be? Wilt thou take the leper for thy bedfellow, and set the beggar at thy board? Shall the lion do thy bidding, and the wild boar obey thee? Is not He who made misery wiser than thou art? Wherefore I praise thee not for this that thou hast done, but I bid thee ride back to the Palace and make thy face glad, and put on the raiment that beseemeth a king, and with the crown of gold I will crown thee, and the sceptre of pearl will I place in thy hand. And as for thy dreams, think no more of them. The burden of this world is too great for one man to bear, and the world's sorrow too heavy for one heart to suffer."

um homem velho, estou no inverno dos meus dias, e sei que muitas coisas perversas são feitas neste vasto mundo. Ladrões ferozes descem das montanhas e levam as criancinhas e vendem-nas aos Mouros. Os leões deitam-se à espera das caravanas e saltam sobre os camelos. Os javalis selvagens escavam o trigo no vale e as raposas roem os vinhedos sobre a colina. Os piratas assolam o litoral e queimam os barcos dos pescadores e tomam-lhes as suas redes. Nas salinas vivem os leprosos; têm casas de vime trançado e ninguém pode aproximar-se deles. Os mendigos vagueiam pelas cidades e comem a sua comida com os cães. Podeis fazer com que essas coisas não aconteçam? Tomareis o leproso como o vosso companheiro de quarto e sentareis o mendigo em vossa mesa? Cumprirá o leão a vossa vontade e o javali selvagem obedecer-vos-á? Não é Aquele que criou a miséria mais sábio do que vós? Portanto, não louvo-vos pelo o que fizestes, mas desejo-vos que cavalgueis de volta ao Palácio e alegreis o vosso rosto, que coloqueis a vestimenta que cabe a um rei, e, com a coroa de ouro, coroar-vos-ei, e porei em vossa mão o cetro de pérolas. E quanto aos vossos sonhos, não penseis mais neles. O fardo deste mundo é grande demais para um homem carregar e a dor do mundo é muito pesada para que um coração a sofra."

"Sayest thou that in this house?" said the young King, and he strode past the Bishop, and climbed up the steps of the altar, and stood before the image of Christ.

He stood before the image of Christ, and on his right hand and on his left were the marvellous vessels of gold, the chalice with the yellow wine, and the vial with the holy oil. He knelt before the image of Christ, and the great candles burned brightly by the jewelled shrine, and the smoke of the incense curled in thin blue wreaths through the dome. He bowed his head in prayer, and the priests in their stiff copes crept away from the altar.

And suddenly a wild tumult came from the street outside, and in entered the nobles with drawn swords and nodding plumes, and shields of polished steel. "Where is this dreamer of dreams?" they cried. "Where is this King who is apparelled like a beggar... this boy who brings shame upon our state? Surely we will slay him, for he is unworthy to rule over us."

And the young King bowed his head again, and prayed, and when he had finished his prayer he rose up, and turning round he looked at them sadly.

"Dizeis isto nesta casa?", respondeu o jovem Rei, e, andando com passos largos, passou pelo Bispo e subiu os degraus do altar e permaneceu em pé diante da imagem do Cristo.

Permaneceu em pé diante da imagem do Cristo e à destra e à sinistra estavam magníficos vasos de ouro, o cálice com o vinho amarelo e o frasco com o óleo sagrado. Ajoelhou-se diante da imagem de Cristo e as imensas velas queimavam, cintilantes, ao lado do sacrário ornado com joias, e a fumaça do incenso formava finas espirais azuis através da cúpula. Curvou a sua cabeça em oração e os sacerdotes em suas rijas capas de asperges afastaram-se do altar.

E de repente um tumulto selvagem veio do lado de fora da rua e os nobres precipitaram-se para dentro com as espadas desembainhadas, as plumas ondulantes e os escudos de aço polido. "Onde está o sonhador de sonhos?", gritaram. "Onde está esse Rei que veste-se como um mendigo... este rapaz que traz vergonha à nossa condição? Com certeza nós o mataremos, pois é indigno de governar-nos."

E o jovem Rei curvou a sua cabeça mais uma vez, e orou, e ao terminar a sua oração ele levantou-se e, ao virar-se, fitou-os tristemente.

And lo! through the painted windows came the sunlight streaming upon him, and the sun-beams wove round him a tissued robe that was fairer than the robe that had been fashioned for his pleasure. The dead staff blossomed, and bare lilies that were whiter than pearls. The dry thorn blossomed, and bare roses that were redder than rubies. Whiter than fine pearls were the lilies, and their stems were of bright silver. Redder than male rubies were the roses, and their leaves were of beaten gold.

He stood there in the raiment of a king, and the gates of the jewelled shrine flew open, and from the crystal of the many-rayed monstrance shone a marvellous and mystical light. He stood there in a king's raiment, and the Glory of God filled the place, and the saints in their carven niches seemed to move. In the fair raiment of a king he stood before them, and the organ pealed out its music, and the trumpeters blew upon their trumpets, and the singing boys sang.

And the people fell upon their knees in awe, and the nobles sheathed their swords and did homage; and the Bishop's face grew pale, and his hands trembled. "A greater than I hath crowned thee", he cried, and he knelt before him.

E eis que através das janelas pintadas a luz do sol veio derramar-se sobre ele e os raios solares teceram ao redor dele um manto tecido que era mais belo do que o manto que tinha sido criado para o seu prazer. O cajado estéril explodiu em flor revelando lírios mais brancos que as pérolas. O espinheiro seco floresceu e revelou rosas mais vermelhas que os rubis. Mais brancos que as refinadas pérolas eram os lírios e as suas hastes eram de prata reluzente. Mais rubros que rubis eram as rosas e as suas folhas eram de ouro lavrado.

Permaneceu lá em pé em trajes de rei e as portas do sacrário coberto de joias abriram-se por completo, e do cristal lapidado do ostensório resplandeceu uma magnífica luz mística. Permaneceu lá em pé em trajes de rei e a Glória de Deus preencheu o lugar e os santos em seus nichos entalhados pareciam mover-se. Em belos trajes de um rei manteve-se à frente deles e o órgão executou a sua música, os trompetistas sopraram os seus trompetes e os meninos cantores cantaram.

E as pessoas caíram sobre os seus joelhos em reverência, os nobres embainharam as suas espadas e prestaram deferência; e o rosto do Bispo empalideceu e as suas mãos tremeram. "Alguém maior do que eu coroou-vos", exclamou ele, e ajoelhou-se diante dele.

And the young King came down from the high altar, and passed home through the midst of the people. But no man dared look upon his face, for it was like the face of an angel.

E o jovem Rei desceu do altar-mor, e seguiu para casa, passando pelo meio do povo. Mas nenhum homem ousou olhar para o seu rosto, pois era como o rosto de um anjo.

A HOUSE OF POMEGRANATES
OSCAR WILDE

67
A CASA DAS ROMÃS
OSCAR WILDE

THE BIRTHDAY OF THE INFANTA

TO
MRS. WILLIAM H. GRENFELL,
OF TAPLOW COURT.*

It was the birthday of the Infanta[1]. She was just twelve years of age, and the sun was shining brightly in the gardens of the palace.

Although she was a real Princess and the Infanta of Spain, she had only one birthday every year, just like the children of quite poor people, so it was naturally a matter of great importance to the whole country that she should have a really fine day for the occasion. And a really fine day

---

*   Ethel Anne Priscilla Grenfell (1867-1952) and her husband, William H. Grenfell, Lord Desborough of Taplow Court, was a member of a group of intellectuals who called themselves "The Souls." Wilde was a frequent visitor to his meetings.

1   Royal and noble ranks of the monarchies in Portugal and Spain. Infante, the masculine term, or infanta, the feminine term, are sons of the king, however, they are not the heirs of the throne.

O ANIVERSÁRIO DA INFANTA 🙢 🙢

PARA
MRS. WILLIAM H. GRENFELL,
DE TAPLOW COURT.*

ra o dia do aniversário da Infanta[1]. Ela tinha apenas doze anos de idade, e o sol estava a brilhar, a reluzir, nos jardins do palácio.

Embora fosse uma verdadeira Princesa e a Infanta de Espanha, ela tinha apenas um aniversário a cada ano, assim como os filhos das pessoas muito pobres, por isso, naturalmente, era uma questão de grande importância para todo o país que ela tivesse um dia realmente belo para a ocasião. E um dia realmente bom

---

*   Ethel Anne Priscilla Grenfell (1867-1952) e seu marido, William H. Grenfell, Lorde Desborough de Taplow Court, era membro de um grupo de intelectuais que se autointitulava "As Almas". Wilde era um visitante frequente de suas reuniões.

1   Título nobiliárquico das monarquias de Portugal e Espanha. Infante, o termo masculino, ou infanta, o termo feminino, são os filhos do rei, porém não são os herdeiros do trono.

it certainly was. The tall striped tulips stood straight up upon their stalks, like long rows of soldiers, and looked defiantly across the grass at the roses, and said: "We are quite as splendid as you are now." The purple butterflies fluttered about with gold dust on their wings, visiting each flower in turn; the little lizards crept out of the crevices of the wall, and lay basking in the white glare; and the pomegranates split and cracked with the heat, and showed their bleeding red hearts. Even the pale yellow lemons, that hung in such profusion from the mouldering trellis and along the dim arcades, seemed to have caught a richer colour from the wonderful sunlight, and the magnolia trees opened their great globe-like blossoms of folded ivory, and filled the air with a sweet heavy perfume.

The little Princess herself walked up and down the terrace with her companions, and played at hide-and-seek round the stone vases and the old moss-grown statues. On ordinary days she was only allowed to play with children of her own rank, so she had always to play alone, but her birthday was an exception, and the King had given orders that she was to invite any of her young friends whom she liked to come and amuse themselves with her. There was a stately grace about

certamente foi. As altas tulipas raiadas mantinham-se eretas nos talos, tal qual longas fileiras de soldados a olhar desafiadoramente através da relva para as rosas, e diziam: "Somos tão esplêndidas quanto vós agora." Borboletas púrpuras vibravam com pó dourado as suas asas, a visitar uma flor de cada vez; as pequenas lagartixas saíam pelas frestas dos muros e deitavam-se, aquecendo-se no brilho branco; e, com o calor, as romãs estalavam e abriam, mostrando os seus corações vermelho-sangue. Até mesmo os pálidos limões amarelos, que pendiam em profusão das treliças apodrecidas e ao longo das escuras arcadas, pareciam ter pego uma cor mais rica da luz maravilhosa do sol, e as árvores de magnólia abriam os botões de marfim arqueados, redondos e grandes, preenchendo o ar com o perfume doce e encorpado.

A Princesinha caminhava subindo e descendo o terraço com as suas companhias e brincava de esconde--esconde por entre os vasos de pedra e velhas estátuas cheias de musgo. Em dias comuns à ela era apenas permitido brincar com crianças da mesma cepa, e por isso sempre brincava sozinha, mas o seu aniversário era uma exceção, e o Rei ordenara que ela convidasse qualquer amiguinho que gostasse para vir e divertir-se com ela. Havia uma graça imponente nessas esbeltas

these slim Spanish children as they glided about: the boys with their large-plumed hats and short fluttering cloaks; the girls holding up the trains of their long brocaded gowns, and shielding the sun from their eyes with huge fans of black and silver. But the Infanta was the most graceful of all, and the most tastefully attired, after the somewhat cumbrous fashion of the day. Her robe was of grey satin, the skirt and the wide puffed sleeves heavily embroidered with silver, and the stiff corset studded with rows of fine pearls. Two tiny slippers with big pink rosettes peeped out beneath her dress as she walked. Pink and pearl was her great gauze fan, and in her hair, which like an aureole of faded gold stood out stiffly round her pale little face, she had a beautiful white rose.

From a window in the palace the sad melancholy King watched them. Behind him stood his brother, Don Pedro of Aragon, whom he hated, and his confessor, the Grand Inquisitor of Granada, sat by his side. Sadder even than usual was the King, for as he looked at the Infanta bowing with childish gravity to the assembling counters, or laughing behind her fan at the grim Duchess of Albuquerque who always accompanied her, he thought of the young Queen, her mother, who but a short time before – so it seemed

crianças espanholas ao deslizarem: os meninos com chapéus emplumados e mantos curtos ondulantes; as meninas segurando a cauda de longos vestidos de brocado e protegendo os olhos do sol com imensos leques negros e prateados. Mas a Infanta era a mais graciosa de todos e a mais elegantemente vestida, conforme a mais incômoda moda do dia. O seu manto era de cetim cinza, a saia e as mangas eram amplas, pesadamente bordadas com prata, e o rijo corpete era cravejado com linhas de pérolas refinadas. Dois chinelinhos com grandes rosetas cor-de-rosa entreviam-se por baixo do vestido enquanto ela caminhava. Rosa e perolado era o seu grande leque de gaze; e, no cabelo, que parecia uma auréola de ouro clarinho, levantado e duro em torno do rostinho pálido, ela trazia uma bela rosa branca.

De uma das janelas no palácio, o triste e melancólico Rei observava-os. Atrás dele estava o irmão, Dom Pedro de Aragão, a quem ele odiava, e o seu confessor, o Grande Inquisidor de Granada sentado ao seu lado. Mais triste ainda que de costume estava o Rei, pois ao ver a Infanta a fazer mesuras com uma reverência infantil aos cortesãos reunidos ou a rir atrás do leque da severa Duquesa de Albuquerque, que sempre a acompanhava, lembrou-se da jovem Rainha, a mãe dela que há pouco – ao menos assim parecia-lhe – che-

to him – had come from the gay country of France, and had withered away in the sombre splendour of the Spanish court, dying just six months after the birth of her child, and before she had seen the almonds blossom twice in the orchard, or plucked the second year's fruit from the old gnarled fig-tree that stood in the centre of the now grass-grown courtyard. So great had been his love for her that he had not suffered even the grave to hide her from him. She had been embalmed by a Moorish physician, who in return for this service had been granted his life, which for heresy and suspicion of magical practices had been already forfeited, men said, to the Holy Office; and her body was still lying on its tapestried bier in the black marble chapel of the Palace, just as the monks had borne her in on that windy March day nearly twelve years before. Once every month the King, wrapped in a dark cloak and with a muffled lantern in his hand, went in and knelt by her side calling out, "*Mi reina! Mi reina!*"[2] and sometimes breaking through the formal etiquette that in Spain governs every separate action of life, and sets limits even to the sorrow of a King, he would clutch at the pale jewelled hands in a wild agony of grief, and try to wake by his mad kisses the cold painted face.

2   In the original in Spanish: *My queen! My queen!*

gara do alegre reino de França e que desvanecera no sombrio esplendor da corte espanhola e que morrera exatamente seis meses após o nascimento da filha; e antes de ter visto as amêndoas brotarem duas vezes no pomar ou apanhado as frutas da segunda florada da velha figueira retorcida que ficava no centro do pátio, onde agora cresce a relva. Tão grande tinha sido o seu amor por ela que nem mesmo permitiu que o sepulcro a ocultasse dele. Foi embalsamada por um médico mouro, a quem, como pagamento pelo serviço, foi concedido o direito à vida, pois fora condenado por heresia e suspeita de prática de magia, como diziam, pelo Santo Ofício; e o corpo dela ainda jazia no ataúde recoberto com tapetes bordados, na capela de mármore negro do Palácio, exatamente como os monges tinham-na deixado naquele dia de março ventoso quase doze anos antes. Uma vez por mês, o Rei, envolto num manto negro e com uma lanterna escondida na mão, entrava na capela e ajoelhava-se ao lado dela, clamando, *"Mi reina! Mi reina!"*[2] e, algumas vezes, ao quebrar a rígida etiqueta que em Espanha rege cada ato individual da vida e que impõe limites mesmo à tristeza de um Rei, apertava as pálidas mãos coberta de joias numa selvagem agonia de dor e tentava, com beijos enlouquecidos, reviver o rosto maquiado e frio.

2 No original em espanhol: *Minha rainha! Minha rainha!*

Today he seemed to see her again, as he had seen her first at the Castle of Fontainebleau, when he was but fifteen years of age, and she still younger. They had been formally betrothed on that occasion by the Papal Nuncio in the presence of the French King and all the Court, and he had returned to the Escurial bearing with him a little ringlet of yellow hair, and the memory of two childish lips bending down to kiss his hand as he stepped into his carriage. Later on had followed the marriage, hastily performed at Burgos, a small town on the frontier between the two countries, and the grand public entry into Madrid with the customary celebration of high mass at the Church of La Atocha, and a more than usually solemn *auto-da-fé*[3], in which nearly three hundred heretics, amongst whom were many Englishmen, had been delivered over to the secular arm to be burned.

Certainly he had loved her madly, and to the ruin, many thought, of his country, then at war with England for the possession of the empire of the New World. He had hardly ever permitted her to be out of his sight; for her, he had forgotten, or seemed to have forgotten, all grave affairs of State; and, with that terrible blindness that passion brings upon its servants, he had failed to notice that the elaborate

---

3   Auto-da-fé, or act of faith, refers to publicly performed penance events with the humiliation of heretics and apostates, as well as executions as punishment for a repeated heretical offense, as a result of conviction by a religious tribunal, put into practice by the Inquisition, especially in Portugal and Spain, between the 15th and 19th centuries.

Hoje ele parecia vê-la novamente como vira-a pela primeira vez no Castelo de Fontainebleau, quando ele tinha apenas quinze anos de idade e ela ainda mais jovem. Foram formalmente declarados noivos na ocasião pelo Núncio Papal na presença do rei francês e de toda a corte, e ele voltou para o Escorial, tendo com ele um pequeno anelzinho de cabelos loiros e a lembrança dos lábios infantis a beijar-lhe a mão assim que ele entrou na carruagem. Mais tarde seguiu-se o casamento, realizado rapidamente em Burgos, uma pequena cidade na fronteira entre os dois países, e a formidável entrada pública em Madrid, com a habitual celebração da missa solene na Igreja de La Atocha, e o mais corriqueiro e solene *auto-da-fé*[3], no qual quase três centenas de hereges, entre os quais muitos ingleses, foram entregues ao braço secular para serem queimados.

Com certeza ele amou-a loucamente para a ruína, segundo muitos pensavam, do seu próprio país que na época estava em guerra com a Inglaterra pela posse do império do Novo Mundo. Dificilmente permitia que ela ficasse longe dos seus olhos; por ela, esquecera ou parecera ter esquecido todos os importantes assuntos de Estado; e com a terrível cegueira que a paixão traz aos seus servos, falhou em não perceber que as

---

3   Auto-da-fé refere-se aos eventos de penitência realizados publicamente com a humilhação de heréticos e de apóstatas, bem como execuções como punição a uma ofensa herética repetida, em consequência da condenação realizada por um tribunal religioso, postos em prática pela Inquisição, principalmente em Portugal e Espanha, entre os séculos XV e XIX.

ceremonies by which he sought to please her did but aggravate the strange malady from which she suffered. When she died he was, for a time, like one bereft of reason. Indeed, there is no doubt but that he would have formally abdicated and retired to the great Trappist monastery[4] at Granada, of which he was already titular Prior, had he not been afraid to leave the little Infanta at the mercy of his brother, whose cruelty, even in Spain, was notorious, and who was suspected by many of having caused the Queen's death by means of a pair of poisoned gloves that he had presented to her on the occasion of her visiting his castle in Aragon. Even after the expiration of the three years of public mourning that he had ordained throughout his whole dominions by royal edict, he would never suffer his ministers to speak about any new alliance, and when the Emperor himself sent to him, and offered him the hand of the lovely Archduchess of Bohemia, his niece, in marriage, he bade the ambassadors tell their master that the King of Spain was already wedded to Sorrow, and that though she was but a barren bride he loved her better than Beauty; an answer that cost his crown the rich provinces of the Netherlands, which soon after, at the Emperor's instigation, revolted against him under the leadership of some fanatics of the Reformed Church.

4   Concerning the Order of Cistercians of the Strict Observance, a Benedictine branch of the Order of Cistercians, commonly referred to as Trappists, founded in 1140.

rebuscadas cerimônias com que buscou agradá-la só serviram para agravar o estranho mal de que ela sofria. Quando ela morreu, ele ficou por um tempo igual a alguém privado da razão. De fato, não há dúvida de que teria abdicado formalmente ao trono e retirado-se para o grande monastério trapista[4] em Granada, do qual já era o prior titular, não fosse o medo de deixar a pequena Infanta à mercê do irmão, cuja crueldade, mesmo em Espanha, era notória, e que era suspeito por muitos de ter provocado a morte da Rainha por meio dum par de luvas envenenadas que presenteara-a na ocasião em que recebeu-a em visita ao seu castelo em Aragão. Mesmo após terem expirado os três anos de luto oficial que o Rei impusera a todos os seus domínios, mediante édito real, nunca permitiu que os ministros falassem sobre qualquer nova aliança; e quando o próprio Imperador dirigiu-se a ele e ofereceu-lhe em casamento a mão da adorável Arquiduquesa da Boêmia, a sua sobrinha, ordenou aos embaixadores que dissessem ao mestre que o Rei de Espanha já casara-se com a Tristeza e, apesar de ela ser uma noiva estéril, amava-a mais que à Beleza; uma resposta que custou-lhe a coroa das ricas províncias dos Países Baixos que, logo depois, instigadas pelo Imperador, revoltaram-se contra ele sob a liderança de alguns fanáticos da Igreja Reformada.

4 Relativo à Ordem dos Cistercienses da Estrita Observância, um ramo beneditino da Ordem dos Cistercienses, vulgarmente designado como Trapistas, fundado em 1140.

His whole married life, with its fierce, fiery-coloured joys and the terrible agony of its sudden ending, seemed to come back to him today as he watched the Infanta playing on the terrace. She had all the Queen's pretty petulance of manner, the same wilful way of tossing her head, the same proud curved beautiful mouth, the same wonderful smile – *vrai sourire de France*[5] indeed – as she glanced up now and then at the window, or stretched out her little hand for the stately Spanish gentlemen to kiss. But the shrill laughter of the children grated on his ears, and the bright pitiless sunlight mocked his sorrow, and a dull odour of strange spices, spices such as embalmers use, seemed to taint – or was it fancy? – the clear morning air. He buried his face in his hands, and when the Infanta looked up again the curtains had been drawn, and the King had retired.

She made a little *moue*[6] of disappointment, and shrugged her shoulders. Surely he might have stayed with her on her birthday. What did the stupid State-affairs matter? Or had he gone to that gloomy chapel, where the candles were always burning, and where she was never allowed to enter? How silly of him, when the sun was shining so brightly, and everybody was so happy! Besides, he would miss the sham

5   In the original in French, "*the legitimate smile of France.*"
6   In the original in French, grimace, mow.

Toda a sua vida conjugal de alegria feroz e ardente, e a terrível agonia do fim repentino, pareceram-lhe retornar hoje ao observavar a Infanta brincando no terraço. Tinha a graciosa maneira petulante da Rainha, a mesma forma deliberada de jogar a cabeça, o contorno altivo dos belos lábios; o mesmo sorriso maravilhoso – *vrai sourire de France*[5], de fato – quando mirava a janela vez ou outra, ou quando oferecia a mãozinha para os imponentes cavaleiros de Espanha beijar. Mas o riso estridente das crianças irritava os seus ouvidos; a brilhante e impiedosa luz do sol zombava da sua dor e um odor carregado de estranhas especiarias, iguais àquelas usadas pelos embalsamadores parecia envenenar – ou seria imaginação? – o ar límpido da manhã. Ele enterrou o rosto por entre as suas mãos e quando a Infanta olhou novamente as cortinas tinham sido fechadas e o Rei havia retirado-se.

Ela fez uma pequena *moue*[6] de desapontamento, e deu de ombros. Certamente devia permanecer com ela no dia do seu aniversário. Que importância tinha os estúpidos assuntos de Estado? Ou teria ele ido à tenebrosa capela onde as velas estavam sempre queimando e aonde nunca foi autorizada a entrar? Que tolice a dele justo quando o sol estava brilhando tão reluzente e todo mundo estava tão feliz! Além do

5   No original em francês, "*o legítimo sorriso de França.*"
6   No original em francês, careta, momice.

bull-fight for which the trumpet was already sounding, to say nothing of the puppet-show and the other wonderful things. Her uncle and the Grand Inquisitor were much more sensible. They had come out on the terrace, and paid her nice compliments. So she tossed her pretty head, and taking Don Pedro by the hand, she walked slowly down the steps towards a long pavilion of purple silk that had been erected at the end of the garden, the other children following in strict order of precedence, those who had the longest names going first.

A procession of noble boys, fantastically dressed as toreadors, came out to meet her, and the young Count of *Tierra Nueva*, a wonderfully handsome lad of about fourteen years of age, uncovering his head with all the grace of a born hidalgo and grandee of Spain, led her solemnly in to a little gilt and ivory chair that was placed on a raised dais above the arena. The children grouped themselves all round, fluttering their big fans and whispering to each

mais, perderia a simulação da tourada que as trombetas já anunciavam, para não falar do teatro de marionetes e das outras coisas maravilhosas. O seu tio e o Grande Inquisidor eram bem mais sensatos. Saíram ao terraço e prestaram-lhe amáveis elogios. Então ela meneou a sua bela cabeça, e ao tomar Dom Pedro pela mão, caminhou lentamente para baixo na direção de um extenso pavilhão de seda púrpura erguido na extremidade do jardim; as outras crianças seguiram-na, obedecendo a severa ordem de precedência, segundo a qual as de nomes mais longos deveriam ir primeiro.

Um desfile de jovens nobres deslumbrantemente vestidos de toreadores veio ao encontro dela e o jovem Conde de *Tierra Nueva*, rapaz maravilhosamente belo, com seus quatorze anos, a descobrir a cabeça com toda a graça de alguém nascido fidalgo e grande de Espanha, conduziu-a solenemente à cadeirinha dourada de marfim, colocada sobre uma plataforma elevada acima da arena. As crianças agruparam-se ao redor, abanando os seus grandes leques e cochichando umas com as outras,

other, and Don Pedro and the Grand Inquisitor stood laughing at the entrance. Even the Duchess – the *Camerera-Mayor* as she was called – a thin, hard-featured woman with a yellow ruff, did not look quite so bad-tempered as usual, and something like a chill smile flitted across her wrinkled face and twitched her thin bloodless lips.

It certainly was a marvellous bull-fight, and much nicer, the Infanta thought, than the real bull-fight that she had been brought to see at Seville, on the occasion of the visit of the Duke of Parma to her father. Some of the boys pranced about on richly-caparisoned hobby-horses brandishing long javelins with gay streamers of bright ribands attached to them; others went on foot waving their scarlet cloaks before the bull, and vaulting lightly over the barrier when he charged them; and as for the bull himself, he was just like a live bull, though he was only made of wicker-work and stretched hide, and sometimes insisted on running round the arena on his hind legs, which no live bull ever dreams of doing. He made a splendid fight of it too, and the children got so excited that they stood up upon the benches, and waved their lace handkerchiefs and cried out, *Bravo toro! Bravo toro!* just as sensibly as if they had been grown-up

e Dom Pedro e o Grande Inquisidor permaneceram rindo à entrada. Mesmo a Duquesa – a *Camerera-Mayor* como era chamada – uma mulher esbelta e severa com uma gola amarela de tufos engomados, não parecia tão mal humorada como de costume e algo semelhante a um sorriso frio passou rapidamente pelo rosto enrugado e contorceu-se sobre os seus finos lábios descorados.

Certamente tratava-se de magnífica tourada, e muito mais agradável, pensou a Infanta, que as verdadeiras touradas às quais fora levada para assistir em Sevilha, por ocasião da visita do Duque de Parma ao seu pai. Alguns garotos empinavam os cavalos-de-pau ricamente odornados, brandindo dardos compridos, com alegres fitas brilhantes presas a eles; outros vinham a pé, agitando as capas escarlates diante do touro e saltando com facilidade o cercado, quando perseguia-os; e quanto ao próprio touro, parecia-se muito com um animal de verdade, apesar de ser feito apenas de vime e de couro esticado e insistia, algumas vezes, em correr pela arena apenas com as patas traseiras, coisa que nenhum touro vivo jamais sonhou em fazer. Fez uma esplêndida luta também e as crianças ficaram tão excitadas que ficaram em cima da bancada, agitando os lenços rendilhados e gritando, *Bravo toro! Bravo toro!*, tão sensatamente como

people. At last, however, after a prolonged combat, during which several of the hobby-horses were gored through and through, and, their riders dismounted, the young Count of *Tierra Nueva* brought the bull to his knees, and having obtained permission from the Infanta to give the *coup de grâce*[7], he plunged his wooden sword into the neck of the animal with such violence that the head came right off, and disclosed the laughing face of little *Monsieur* de Lorraine, the son of the French Ambassador at Madrid.

The arena was then cleared amidst much applause, and the dead hobbyhorses dragged solemnly away by two Moorish pages in yellow and black liveries, and after a short interlude, during which a French posture-master performed upon the tightrope, some Italian puppets appeared in the semi-classical tragedy of *Sophonisba*[8] on the stage of a small theatre that had been built up for the purpose. They acted so well, and their gestures were so extremely natural, that at the close of the play the eyes of the Infanta were quite dim with tears. Indeed some of the children really cried, and had to be comforted with sweetmeats, and the Grand Inquisitor himself was so affected that he could not help saying to Don Pedro that it seemed to him intolerable that things made simply out of

7   In the original in French: decisive blow.

8   Sophonisba was a Carthaginian princess, who even promised to Prince Massinissa, was given in marriage to King Syphax in exchange for his support of Carthage. Syphax, when he was captured by General Scipio Africano, began to support Rome. Then Sophonisba attempted to take Massinissa to the Carthaginian cause, but Syphax, who was grateful to Scipio for the treatment he had received, warned him of his former wife's behavior. Scipio demanded that she be brought to his presence, but Massinissa intervened, sending poison to her and forcing Sophonisba to commit suicide.

os adultos. Por fim, no entanto, após um combate prolongado, durante o qual vários dos cavalos-de-pau foram chifrados mais de uma vez e os seus cavaleiros desmontados, o jovem Conde de *Tierra Nueva* trouxe o touro até os seus joelhos e tendo obtido permissão da Infanta para desferir o *coup de grâce*[7], mergulhou a sua espada de madeira no pescoço do animal com tamanha violência que a cabeça se desprendeu, descobrindo a face sorridente do pequeno *Monsieur* de Lorraine, o filho do embaixador francês em Madri.

A arena foi então liberada em meio de tantos aplausos, e os cavalos-de-pau mortos solenemente arrastados por dois pajens mouros, vestidos com librés amarelas e negras, e, depois de um pequeno intervalo, durante o qual um experiente equilibrista francês se exibiu sobre a corda-bamba, alguns fantoches italianos representaram a tragédia clássica *Sofonisba*[8] no palco do pequenino teatro que fora construído especialmente para esse propósito. Atuaram tão bem, com gestos tão absolutamente naturais, que ao final da peça os olhos da Infanta estavam completamente cobertos de lágrimas. De fato, algumas crianças choraram realmente, e foram consoladas com docinhos, e mesmo o Grande Inquisidor ficou tão emocionado que não pode evitar dizer a Dom Pedro que lhe parecia intolerável que

7   No original em francês: golpe de misericórdia.
8   Sofonisba foi uma princesa cartaginesa, que mesmo prometida para o príncipe Massinissa, foi dada em casamento ao Rei Sifax em troca do seu apoio a Cartago. Sifax, ao ser capturado pelo general Cipião Africano, passou a apoiar Roma. Sofonisba então tentou levar Massinissa para a causa cartaginesa, porém Sífax, que era grato a Cipião pelo tratamento que ele havia recebido, avisou-o sobre o comportamento da sua ex-esposa. Cipião exigiu que ela fosse levada à sua presença, porém Massinissa interveio, ao enviar-lhe veneno e a forçar Sofonisba a suicidar-se.

wood and coloured wax, and worked mechanically by wires, should be so unhappy and meet with such terrible misfortunes.

An African juggler followed, who brought in a large flat basket covered with a red cloth, and having placed it in the centre of the arena, he took from his turban a curious reed pipe, and blew through it. In a few moments the cloth began to move, and as the pipe grew shriller and shriller two green and gold snakes put out their strange wedge-shaped heads and rose slowly up, swaying to and fro with the music as a plant sways in the water. The children, however, were rather frightened at their spotted hoods and quick darting tongues, and were much more pleased when the juggler made a tiny orange-tree grow out of the sand and bear pretty white blossoms and clusters of real fruit; and when he took the fan of the little daughter of the Marquess de *Las Torres*, and changed it into a blue bird that flew all round the pavilion and sang, their delight and amazement knew no bounds. The solemn minuet, too, performed by the dancing boys from the church of *Nuestra Señora Del Pilar*, was charming. The Infanta had never before seen this wonderful ceremony which takes place every year at Maytime in front of the high altar of the Virgin, and in her

coisas feitas simplesmente de madeira e cera colorida, movidas mecanicamente por arames, pudessem ser tão infelizes e acometidas de tão terríveis infortúnios.

Em seguida, veio um malabarista africano que trouxe consigo uma cesta grande e plana coberta com um pano vermelho e, tendo-a colocado no centro da arena, tirou do turbante uma estranha flauta de junco e soprou através dela. Após alguns momentos o pano começou a mover-se, e enquanto a flauta se tornava cada vez mais estridente, duas serpentes verdes e douradas puseram para fora as estranhas cabeças triangulares, erguendo-as lentamente e balançando para lá e para cá ao ritmo da música como as plantas balançam-se na água. As crianças, contudo, ficaram bastante assustadas com as cristas manchadas e as línguas rápidas como setas sendo atiradas e ficaram muito mais contentes quando o malabarista fez brotar da areia uma pequenina laranjeira carregada de graciosos botões brancos e montes de frutos de verdade; e quando tomou o leque da filhinha do Marquês de *Las Torres* e transformou-o num pássaro azul que voou por todo o pavilhão cantando, o encanto e o assombro não conheceram limites. O minueto solene apresentado pelos meninos dançarinos da igreja de *Nuestra Señora Del Pilar* estava encantador. A Infanta nunca vira essa maravilhosa cerimônia

honour; and indeed none of the royal family of Spain had entered the great cathedral of Saragossa since a mad priest, supposed by many to have been in the pay of Elizabeth of England, had tried to administer a poisoned wafer to the Prince of the Asturias. So she had known only by hearsay of "Our Lady's Dance" as it was called, and it certainly was a beautiful sight. The boys wore old-fashioned court dresses of white velvet, and their curious three-cornered hats were fringed with silver and surmounted with huge plumes of ostrich feathers; the dazzling whiteness of their costumes, as they moved about in the sunlight, being still more accentuated by their swarthy faces and long black hair. Everybody was fascinated by the grave dignity with which they moved through the intricate figures of the dance, and by the elaborate grace of their slow gestures, and stately bows, and when they had finished their performance and doffed their great plumed hats to the Infanta, she acknowledged their reverence with much courtesy, and made a vow that she would send a large wax candle to the shrine of Our Lady of Pilar in return for the pleasure that she had given her.

A troop of handsome Egyptians – as the gipsies were termed in those days – then advanced into the

antes, que tem lugar todos os anos, em maio, em frente do altar-mor da Virgem e em honra dela; e, na verdade, nenhum membro da família real de Espanha tornou a entrar na grande catedral de Saragoça desde que um padre louco, que segundo muitos a mando de Elizabete da Inglaterra, tentara administrar uma hóstia envenenada ao Príncipe de Astúrias. Por isso, ela conhecia apenas a "Dança de Nossa Senhora", que certamente, era muito bonita de ver-se. Os meninos vestiam antigos trajes da corte de veludo branco e seus curiosos chapéus de três pontas eram orlados com prata, encimados por imensas plumas de avestruz; a brancura deslumbrante dos trajes, conforme moviam-se à luz do sol, era ainda mais acentuada em contraste com os rostos morenos e os longos cabelos negros. Todos estavam fascinados com a grave dignidade com que moviam-se por meio de intrincadas representações da dança, com a graça detalhada da lentidão dos seus gestos e as imponentes reverências, e ao terminarem a apresentação, a tirar os grandes chapéus emplumados diante da Infanta, ela retribuiu a reverência com muita cortesia, a prometer que enviaria uma imensa vela de cera ao santuário de Nossa Senhora do Pilar em retribuição ao prazer que ela proporcionara-lhe.

Uma tropa de belos egípcios – como os ciganos eram chamados naqueles dias – então adentrou à

arena, and sitting down cross-legs, in a circle, began to play softly upon their zithers, moving their bodies to the tune, and humming, almost below their breath, a low dreamy air. When they caught sight of Don Pedro they scowled at him, and some of them looked terrified, for only a few weeks before he had had two of their tribe hanged for sorcery in the market-place at Seville, but the pretty Infanta charmed them as she leaned back peeping over her fan with her great blue eyes, and they felt sure that one so lovely as she was could never be cruel to anybody. So they played on very gently and just touching the cords of the zithers with their long pointed nails, and their heads began to nod as though they were falling asleep. Suddenly, with a cry so shrill that all the children were startled and Don Pedro's hand clutched at the agate pommel of his dagger, they leapt to their feet and whirled madly round the enclosure beating their tambourines, and chaunting some wild love-song in their strange guttural language. Then at another signal they all flung themselves again to the ground and lay there quite still, the dull strumming of the zithers being the only sound that broke the silence. After that they had done this several times, they disappeared for a moment and came back leading a brown shaggy bear

arena e sentou-se em círculo com as pernas cruzadas, começando a tocar suavemente as suas cítaras, movendo os seus corpos com a melodia e cantarolando bem baixinho uma pequena cantiga sonhadora. Ao avistarem Dom Pedro, lançaram-lhe um olhar mal-humorado e alguns deles estavam apavorados, pois há algumas semanas ele enforcara dois membros da tribo por feitiçaria no mercado de Sevilha, mas a graciosa Infanta deixou-os encantados ao recostar-se e a espiar por sobre o leque com os grandes olhos azuis e sentiram-se seguros de que alguém tão amável quanto ela jamais poderia ser cruel com ninguém. Então continuaram a tocar docemente, apenas a roçar as cordas das cítaras com as unhas compridas e pontiagudas e as suas cabeças começaram a inclinar como se estivessem a cair no sono. De súbito, com um grito tão estridente que as crianças assustaram-se e Dom Pedro agarrou o punho de ágata da sua adaga, saltaram rodopiando loucamente em torno do cercado, batendo nos pandeiros, entoando alguma selvagem canção de amor na sua língua estranha e gutural. Então, com outro sinal, lançaram-se novamente ao chão e lá permaneceram quase imóveis, sendo o lento dedilhar das cítaras o único som a romper o silêncio. Depois de terem feito isso inúmeras vezes, desapareceram por um instante e voltaram a conduzir um felpudo urso castanho acor-

by a chain, and carrying on their shoulders some little Barbary apes. The bear stood upon his head with the utmost gravity, and the wizened apes played all kinds of amusing tricks with two gipsy boys who seemed to be their masters; and fought with tiny swords, and fired off guns, and went through a regular soldier's drill just like the King's own bodyguard. In fact the gipsies were a great success.

But the funniest part of the whole morning's entertainment, was undoubtedly the dancing of the little Dwarf. When he stumbled into the arena, waddling on his crooked legs and wagging his huge misshapen head from side to side, the children went off into a loud shout of delight, and the Infanta herself laughed so much that the *Camerera* was obliged to remind her that although there were many precedents in Spain for a King's daughter weeping before her

rentado e trazendo nos ombros alguns macaquinhos da Berbéria. O urso ergueu a cabeça com a máxima gravidade e os enrugados macacos fizeram todo tipo de truques divertidos com dois meninos ciganos que pareciam ser os seus mestres; lutaram com espadinhas, atiraram com armas e fizeram o mesmo treinamento de soldados, como a própria guarda pessoal do Rei. De fato, os ciganos foram um verdadeiro sucesso.

Mas a parte mais engraçada do espetáculo de toda a manhã foi sem dúvida a dança do Anãozinho. Quando ele tropeçou na arena, gingando sobre as suas pernas tortas e abanando a cabeça mal-formada dum lado para outro, as crianças explodiram num grito alto de contentamento e a própria Infanta riu tanto que a *Camerera* foi obrigada a lembrá-la de que, apesar de existirem muitos precedentes em Espanha de filhas de rei chorarem diante dos seus iguais, nada havia a respeito de

equals, there were none for a Princess of the blood royal making so merry before those who were her inferiors in birth. The Dwarf, however, was really quite irresistible, and even at the Spanish Court, always noted for its cultivated passion for the horrible, so fantastic a little monster had never been seen. It was his first appearance, too. He had been discovered only the day before, running wild through the forest, by two of the nobles who happened to have been hunting in a remote part of the great cork-wood that surrounded the town, and had been carried off by them to the Palace as a surprise for the Infanta; his father, who was a poor charcoal-burner, being but too well pleased to get rid of so ugly and useless a child. Perhaps the most amusing thing about him was his complete unconsciousness of his own grotesque appearance. Indeed he seemed quite happy and full of the highest spirits. When the children laughed, he laughed as freely and as joyously as any of them, and at the close of each dance he made them each the funniest of bows, smiling and nodding at them just as if he was really one of themselves, and not a little misshapen thing that Nature, in some humourous mood, had fashioned for others to mock at. As for the Infanta, she absolutely fascinated him. He could

uma Princesa de sangue real que demonstrasse tanta alegria diante daqueles que eram-lhe inferiores por nascimento. O Anão, porém, era realmente de todo irresistível, e mesmo na corte espanhola, sempre célebre por cultivar a paixão pelo horrível, nunca tinham visto criaturinha tão fantástica. Essa era também a sua primeira aparição. Fora descoberto apenas no dia anterior, correndo, selvagem, pela floresta, por dois nobres que por acaso estavam caçando numa parte remota do grande bosque que circundava a cidade e que levaram-no para o Palácio, como uma surpresa para a Infanta; o seu pai, um pobre carvoeiro, sentiu-se muito grato por ver-se livre duma criança tão feia e inútil. Talvez a coisa mais divertida sobre ele era o completo desconhecimento que tinha sobre a sua própria aparência grotesca. De fato, parecia completamente feliz e pleno dos espíritos mais elevados. Quando as crianças riam, ele ria tão intensamente e com tal alegria quanto qualquer uma delas e, no fim de cada dança, fazia a todas elas as mais cômicas reverências, sorrindo e acenando para elas com se fosse verdadeiramente igual, e não uma coisinha mal-formada que a Natureza, com disposição para o cômico, moldou-o assim para que outros zombassem. E quanto à Infanta, deixou-o absolutamente fascinado. Não conseguia manter os

not keep his eyes off her, and seemed to dance for her alone, and when at the close of the performance, remembering how she had seen the great ladies of the Court throw bouquets to Caffarelli[9], the famous Italian treble, whom the Pope had sent from his own chapel to Madrid that he might cure the King's melancholy by the sweetness of his voice, she took out of her hair the beautiful white rose, and partly for a jest and partly to tease the *Camerera*, threw it to him across the arena with her sweetest smile. He took the whole matter quite seriously, and pressing the flower to his rough coarse lips he put his hand upon his heart, and sank on one knee before her, grinning from ear to ear, and with his little bright eyes sparkling with pleasure.

This so upset the gravity of the Infanta that she kept on laughing long after the little Dwarf had ran out of the arena, and expressed a desire to her uncle that the dance should be immediately repeated. The *Camerera*, however, on the plea that the sun was too hot, decided that it would be better that her Highness should return without delay to the Palace, where a wonderful feast had been already prepared for her, including a real birthday cake with her own initials worked all over it in painted sugar and a lovely silver flag waving from the top. The Infanta accordingly

9   Gaetano Majorano (1710-1783) was a *castrato* and Italian opera singer. His stage name, Caffarelli, derives from Domenico Caffaro, his patron. He was a student of Nicola Porpora and one of the few documented cases of children who so much appreciated that they had to sing that he had asked to be castrated. At ten years old, it was given to him an income of two vines from his grandmother, so that he could study grammar and music. He became the favorite pupil of his master Porpora, who has been told that, having put young Caffarelli to work on a musical piece with exercises for six years, he eventually had declared: "Go on, my son: I have nothing else to teach you: you are the best singer in all of Europe."

olhos longe dela, parecendo dançar apenas para ela, e ao final da apresentação, ao relembrar de que ela havia visto as grandes damas da Corte atirarem ramalhetes para Caffarelli[9], o famoso menino soprano italiano, a quem o Papa enviara da sua própria capela à Madri, para que curasse a melancolia do Rei com a doçura da sua voz, tirou dos cabelos a bela rosa branca e, parte por gracejo e parte para provocar a *Camerera*, atirou--a para ele do outro lado da arena com o seu sorriso mais doce. Ele levou o assunto completamente a sério e apertando a flor nos lábios toscos e grossos, colocou a mão sobre seu coração, e deitou-se sobre um dos joelhos diante dela, sorrindo de orelha a orelha com seus olhinhos brilhantes a faiscar com prazer.

Isso alterou de tal forma a seriedade da Infanta que ela ainda continuou a rir muito depois do Anão-zinho ter corrido da arena e expressou ao seu tio o seu desejo de que a dança fosse imediatamente repetida. A *Camerera*, entretanto, ao argumentar que o sol estava quente demais, decidiu que seria melhor que sua Alteza retornasse sem demora ao Palácio, onde um maravilhoso festim já estava preparado para ela, incluído um majestoso bolo de aniversário com as suas iniciais pintadas com açúcar e uma adorável bandeira de prata a tremular no topo. A Infanta ergueu-se ade-

---

9   Gaetano Majorano (1710-1783) foi um *castrato* e cantor de ópera italiano. O seu nome de palco, Caffarelli, deriva de Domenico Caffaro, o seu
patrono. Foi estudante de Nicola Porpora e um dos raros casos documen-
tados de crianças que de tanto apreço que tinham em cantar que pediram
para serem castradas. Com dez anos de idade, foi-lhe dada a renda de
duas vinhas da sua avó, para que pudesse estudar a gramática e a música.
Tornou-se o pupilo preferido do seu mestre Porpora, do qual é dito que,
tendo colocado o jovem Caffarelli a trabalhar numa peça musical com
exercícios por seis anos, eventualmente terá declarado: "Vai, meu filho:
não tenho mais nada a te ensinar: és o melhor cantor de toda a Europa."

rose up with much dignity, and having given orders that the little Dwarf was to dance again for her after the hour of *siesta*, and conveyed her thanks to the young Count of *Tierra Nueva* for his charming reception, she went back to her apartments, the children following in the same order in which they had entered.

Now when the little Dwarf heard that he was to dance a second time before the Infanta, and by her own express command, he was so proud that he ran out into the garden, kissing the white rose in an absurd ecstasy of pleasure, and making the most uncouth and clumsy gestures of delight.

The Flowers were quite indignant at his daring to intrude into their beautiful home, and when they saw him capering up and down the walks, and waving his arms above his head in such a ridiculous manner, they could not restrain their feelings any longer.

"He is really far too ugly to be allowed to play in any place where we are", cried the Tulips.

quadamente com muita dignidade e tendo ordenado que o Anãozinho dançasse novamente para ela depois da hora da *siesta* e apresentado os seus agradecimentos ao Conde de *Tierra Nueva* por recepção tão encantadora, retornou aos seus aposentos, seguida pelas crianças na mesma ordem de precedência com que entraram.

Então, quando o Anãozinho ouviu que iria dançar pela segunda vez diante da Infanta e por ordem expressa dela mesma ficou tão orgulhoso que correu pelo jardim, a beijar a rosa branca num absurdo êxtase de prazer, a fazer os mais rudes e desajeitados gestos de contentamento.

As Flores estavam tão indignadas por ele ter ousado entrar na bela casa delas, e ao virem-no saltar para cima e para baixo pelo passeio e a balançar os braços acima da cabeça de forma tão ridícula, não puderam conter os seus sentimentos por mais tempo.

"Ele é muito feio para que possa brincar em qualquer lugar em que estejamos", exclamaram as Tulipas.

"He should drink poppy-juice, and go to sleep for a thousand years", said the great scarlet Lilies, and they grew quite hot and angry.

"He is a perfect horror!" screamed the Cactus. "Why, he is twisted and stumpy, and his head is completely out of proportion with his legs. Really he makes me feel prickly all over, and if he comes near me I will sting him with my thorns."

"And he has actually got one of my best blooms", exclaimed the White Rose-Tree. "I gave it to the Infanta this morning myself, as a birthday present, and he has stolen it from her." And she called out, "Thief, thief, thief!" at the top of her voice.

Even the red Geraniums, who did not usually give themselves airs, and were known to have a great many poor relations themselves, curled up in disgust when they saw him, and when the Violets meekly remarked that though he was certainly extremely plain, still he could not help it, they retorted with a good deal of justice that that was his chief defect, and that there was no reason why one should admire a person because he was incurable; and, indeed, some of the Violets themselves felt that the ugliness of the little Dwarf was almost ostentatious, and that he would

"Ele deveria beber suco de papoula e dormir por milhares de anos", disseram os grandes Lírios escarlates, tornando-se completamente vermelhos de raiva.

"É um perfeito horror!" gritou o Cacto. "Pois é torto e atarracado e a sua cabeça é completamente desproporcional com relação às suas pernas. Realmente, faz com que sinta-me todo irritadiço, e se ele vier para perto de mim, vou espetá-lo com os meus espinhos."

"E ele verdadeiramente pegou um dos meus melhores botões", exclamou a Roseira Branca. "Eu mesma dei-o para a Infanta esta manhã como um presente de aniversário e ele roubou-a dela." E ela gritou, "Ladrão, ladrão, ladrão!" o mais alto que pode.

Até mesmo os Gerânios vermelhos, que não costumavam dar-se a ares de importância, sendo conhecidos pelo grande número de parentes pobres, enrolaram-se de aversão quando o viram, e quando as Violetas humildemente observaram que embora ele fosse com certeza extremamente sem graça, nada podia ser feito a respeito, replicaram com boa parte de razão que aquele era o seu principal defeito e não havia razão para alguém admirar uma pessoa por ela ser incurável; e, de fato, algumas Violetas sentiram que a feiúra de Anãozinho era quase ostentação e

have shown much better taste if he had looked sad, or at least pensive, instead of jumping about merrily, and throwing himself into such grotesque and silly attitudes.

As for the old Sundial, who was an extremely remarkable individual, and had once told the time of

que ele demonstraria um melhor bom gosto se ele parecesse triste, ou pelo menos pensativo, ao invés de pular alegremente, lançando-se em tais atitudes estúpidas e grotescas.

Quanto ao velho Relógio de Sol, que era um indivíduo extremamente notável e que certa vez tinha informa-

day to no less a person than the Emperor Charles V himself, he was so taken aback by the little Dwarf's appearance that he almost forgot to mark two whole minutes with his long shadowy finger, and could not help saying to the great milk-white Peacock, who was sunning herself on the balustrade, that every one knew that the children of Kings were Kings, and that the children of charcoal-burners were charcoal-burners, and that it was absurd to pretend that it wasn't so; a statement with which the Peacock entirely agreed, and indeed screamed out, 'Certainly, certainly,' in such a loud, harsh voice, that the gold-fish who lived in the basin of the cool splashing fountain put their heads out of the water, and asked the huge stone Tritons what on earth was the matter.

But somehow the Birds liked him. They had seen him often in the forest, dancing about like an elf after the eddying leaves, or crouched up in the hollow of some old oak-tree, sharing his nuts with the squirrels. They did not mind his being ugly, a bit. Why, even the nightingale herself, who sang so sweetly in the orange groves at night that sometimes the Moon leaned down to listen, was not much to look at after all; and, besides, he had been kind to them, and during that terribly bitter winter, when there were no berries

do as horas a ninguém menos que o Imperador Carlos V em pessoa, estava tão surpreso com a aparência do Anãozinho que quase esqueceu de marcar dois minutos inteiros com o seu longo dedo de sombra e não pode evitar de dizer ao grande Pavão, branco como o leite, que estava tomando sol sobre a balaustrada que todos sabiam que os filhos de Reis eram Reis e que os filhos de carvoeiros eram carvoeiros, e que era um absurdo fingir que tudo não era assim; uma declaração com a qual o Pavão concordou inteiramente e que de fato fez com que gritasse, "Certamente, certamente!", tão alto e com uma voz tão severa que os peixes dourados que viviam no tanque da fonte de água fresca, puseram as suas cabeças para fora d'água, a perguntar ao imenso Tritão de pedra o que estava a acontecer na terra.

Mas de alguma forma os pássaros gostavam dele. Tinham-no visto muitas vezes na floresta, dançando como um elfo atrás das folhas num redemoinho ou encolhido dentro do oco de algum velho carvalho, compartilhando nozes com os esquilos. Eles não se importavam com a feiúra dele nem um pouquinho. Pois, mesmo o próprio rouxinol que à noite cantava tão docemente no bosque de laranjas que algumas vezes a Lua inclinava-se para ouvi-lo, não tinha lá muitos atrativos no final das contas. E além do mais,

on the trees, and the ground was as hard as iron, and the wolves had come down to the very gates of the city to look for food, he had never once forgotten them, but had always given them crumbs out of his little hunch of black bread, and divided with them whatever poor breakfast he had.

So they flew round and round him, just touching his cheek with their wings as they passed, and chattered to each other, and the little Dwarf was so pleased that he could not help showing them the beautiful white rose, and telling them that the Infanta herself had given it to him because she loved him.

They did not understand a single word of what he was saying, but that made no matter, for they put their heads on one side, and looked wise, which is quite as good as understanding a thing, and very much easier.

The Lizards also took an immense fancy to him, and when he grew tired of running about and flung himself down on the grass to rest, they played and romped all over him, and tried to amuse him in the best way they could. "Every one cannot be as beautiful as a lizard", they cried; "that would be too much to expect. And, though it sounds absurd to say so, he is really not so ugly after all, provided, of course, that one shuts one's eyes, and does not look at him." The

fora gentil com eles, e durante aquele terrível e penoso inverno, quando não chegaram a descer até os portões da cidade em busca de comida, ele não se esqueceu deles nem uma vez sempre dando-lhes migalhas do seu pequeno naco de pão preto e a dividir com eles o que quer que tivesse em seu parco desjejum.

Assim, eles voaram e voaram ao redor dele, apenas tocando a sua bochecha com as suas asas ao passar, e falavam entre si, e o Anãozinho estava tão feliz que não pode deixar de mostrar a eles a linda rosa branca, e a contar-lhes que a própria Infanta dera-a para ele, pois ela amava-o.

Eles não entenderam uma única palavra do ele dizia, mas não tinha importância, pois puseram a cabeça para o lado, com um olhar inteligente, o que é quase tão bom quanto entender algo, e muito mais fácil.

As Lagartixas também sentiam uma enorme simpatia por ele, e quando sentiu-se cansado de correr por aí e atirou-se sobre a relva para descansar, elas brincaram e fizeram travessuras em torno dele, tentando diverti-lo da melhor forma que podiam. "Nem todos podem ser tão belos quanto as lagartixas", exclamaram, "seria esperar demais. E, embora pareça absurdo de dizer-se, ele realmente não é tão feio afinal, desde que evidentemente fechemos os olhos e não olhemos

Lizards were extremely philosophical by nature, and often sat thinking for hours and hours together, when there was nothing else to do, or when the weather was too rainy for them to go out.

The Flowers, however, were excessively annoyed at their behaviour, and at the behaviour of the birds. "It only shows", they said, "what a vulgarising effect this incessant rushing and flying about has. Well-bred people always stay exactly in the same place, as we do. No one ever saw us hopping up and down the walks, or galloping madly through the grass after dragon-flies. When we do want change of air, we send for the gardener, and he carries us to another bed. This is dignified, and as it should be. But birds and lizards have no sense of repose, and indeed birds have not even a permanent address. They are mere vagrants like the gipsies, and should be treated in exactly the same manner." So they put their noses in the air, and looked very haughty, and were quite delighted when after some time they saw the little Dwarf scramble up from the grass, and make his way across the terrace to the palace.

"He should certainly be kept indoors for the rest of his natural life", they said. "Look at his hunched back, and his crooked legs", and they began to titter.

para ele." As Lagartixas são extremamente filosóficas por natureza e sempre sentam-se juntas por horas e horas, quando não têm nada mais a fazer ou quando o tempo está chuvoso demais para que possam sair.

As Flores, no entanto, estavam por demais aborrecidas com o comportamento deles e dos pássaros também. "Isso só demonstra", disseram elas, "a consequente vulgaridade dessas incessantes correrias e voos. Pessoas educadas sempre ficam exatamente no mesmo lugar como fazemos. Ninguém nunca viu-nos saltitando pelos passeios ou trotando loucamente pela relva atrás de libélulas. Quando queremos mudar de ares, mandamos buscar o jardineiro e ele transporta-nos para outro canteiro. Isto é digno e assim deveria ser. Mas pássaros e lagartixas não têm nenhuma noção de repouso e, de fato, os pássaros nem mesmo têm uma morada fixa. São meros vagabundos como os ciganos e devem ser tratados exatamente da mesma maneira." Então empinaram o nariz, parecendo muito arrogantes e ficaram encantadas quando depois de algum tempo viram o Anãozinho arrastando-se de cima da relva e tomando o caminho do palácio através do terraço.

"Certamente deveria ser mantido entre quatro paredes pelo resto da sua vida", disseram, "olhem a sua corcunda e as suas pernas tortas" e começaram a rir.

But the little Dwarf knew nothing of all this. He liked the birds and the lizards immensely, and thought that the flowers were the most marvellous things in the whole world, except of course the Infanta, but then she had given him the beautiful white rose, and she loved him, and that made a great difference. How he wished that he had gone back with her! She would have put him on her right hand, and smiled at him, and he would have never left her side, but would have made her his playmate, and taught her all kinds of delightful tricks. For though he had never been in a palace before, he knew a great many wonderful things. He could make little cages out of rushes for the grasshoppers to sing in, and fashion the long jointed bamboo into the pipe that Pan loves to hear. He knew the cry of every bird, and could call the starlings from the tree-top, or the heron from the mere. He knew the trail of every animal, and could track the hare by its delicate footprints, and the boar by the trampled leaves. All the wild-dances he knew, the mad dance in red raiment with the autumn, the light dance in blue sandals over the corn, the dance with white snow-wreaths in winter, and the blossom-dance through the orchards in spring. He knew where the wood-pigeons built their nests, and once when a

Mas o Anãozinho não importou-se com nada disso. Gostava imensamente dos pássaros e das lagartixas, e julgava que as flores eram as coisas mais belas do mundo inteiro excetuando, é claro, a Infanta, pois ela havia dado-lhe a linda rosa branca e amava-o e isso fazia uma grande diferença. Como ele desejava estar com ela novamente! Havia-o posto à sua direita e sorrido para ele e jamais sairia do lado dela, por isso a tornaria a sua companheira, ensinando-lhe todo tipo de truques encantadores. Pois, embora nunca estivesse no palácio antes, conhecia uma grande porção de coisas maravilhosas. Poderia fazer gaiolinhas de junco para os gafanhotos cantarem dentro e moldar o longo feixe de bambu numa flauta que Pã adorava escutar. Conhecia o lamento de cada pássaro e podia chamar os estorninhos que estavam no topo das árvores ou as garças do lago. Conhecia o rastro de cada animal, e podia seguir a lebre pelas suas delicadas pegadas e também o javali pelas folhas pisoteadas. Conhecia todas as danças do campo, a dança louca com indumentária vermelha do outono, a dança suave com sandálias azuis sobre o trigo, a dança com grinaldas de neve branca no inverno e a dança das floradas no pomar na primavera. Sabia onde os pombos-torcaz construíam os seus ninhos e

fowler had snared the parent birds, he had brought up the young ones himself, and had built a little dovecot for them in the cleft of a pollard elm. They were quite tame, and used to feed out of his hands every morning. She would like them, and the rabbits that scurried about in the long fern, and the jays with their steely feathers and black bills, and the hedgehogs that could curl themselves up into prickly balls, and the great wise tortoises that crawled slowly about, shaking their heads and nibbling at the young leaves. Yes, she must certainly come to the forest and play with him. He would give her his own little bed, and would watch outside the window till dawn, to see that the wild horned cattle did not harm her, nor the gaunt wolves creep too near the hut. And at dawn he would tap at the shutters and wake her, and they would go out and dance together all the day long. It was really not a bit lonely in the forest. Sometimes a Bishop rode through on his white mule, reading out of a painted book. Sometimes in their green velvet caps, and their jerkins of tanned deerskin, the falconers passed by, with hooded hawks on their wrists. At vintage-time came the grape-treaders[10], with purple hands and feet, wreathed with glossy ivy and carrying dripping skins of wine; and the charcoal-burners sat

10   People who squeeze the grapes with their feet to extract the juice and producing the wine.

certa vez quando um passarinheiro capturou os pais dos filhotes, ele mesmo recolheu-os e construiu um pequeno pombal no vão de um olmo podado. Foram completamente domesticados e costumavam comer nas mãos do menino todas as manhãs. Ela iria gostar deles e dos coelhos que corriam em disparada dentre as longas samambaias; dos gaios com as penas de aço e bicos negros, dos ouriços que podiam enrolar-se e formar uma bola de espinhos e das grandes e sábias tartarugas que rastejavam lentamente, balançando as cabeças e mordiscando as folhas jovens. Sim, certamente deve vir para a floresta para brincar com ele. Dar-lhe-ia a sua própria caminha e velaria do lado de fora da janela até o amanhecer, para assegurar que o gado selvagem de longos chifres não fizesse mal a ela, nem que os lobos magros rastejassem muito perto da cabana. E ao amanhecer, bateria nas persianas para acordá-la e então poderiam sair e dançar juntos durante o dia todo. Realmente, a floresta não era nem um pouquinho solitária. Às vezes passava um Bispo montado na sua mula branca, lendo um livro colorido. Às vezes, com gorros de veludo verde e jaquetas marrom de couro de cervo, passavam falcoeiros com falcões encapuzados empoleirados nos pulsos. Na vindima chegavam lagareiros[10], com as mãos e os

10 As pessoas que espremem as uvas com os pés para extrair o suco e produzir o vinho.

round their huge braziers at night, watching the dry logs charring slowly in the fire, and roasting chestnuts in the ashes, and the robbers came out of their caves and made merry with them. Once, too, he had seen a beautiful procession winding up the long dusty road to Toledo. The monks went in front singing sweetly, and carrying bright banners and crosses of gold, and then, in silver armour, with matchlocks and pikes, came the soldiers, and in their midst walked three barefooted men, in strange yellow dresses painted all over with wonderful figures, and carrying lighted candles in their hands. Certainly there was a great deal to look at in the forest, and when she was tired he would find a soft bank of moss for her, or carry her in his arms, for he was very strong, though he knew that he was not tall. He would make her a necklace of red bryony berries, that would be quite as pretty as the white berries that she wore on her dress, and when she was tired of them, she could throw them away, and he would find her others. He would bring her acorn-cups and dew-drenched anemones, and tiny glow-worms to be stars in the pale gold of her hair.

pés roxos, coroados com heras brilhantes, carregando odres gotejando vinho; carvoeiros sentavam-se ao redor de imensos braseiros à noite, observando os troncos secos queimando lentamente na fogueira e assando castanhas nas brasas; e os ladrões saíam das cavernas para divertirem-se com eles. Uma vez, vira uma bela procissão caminhando pela longa estrada poeirenta para Toledo. Os monges vinham na frente, cantando docemente, carregando bandeiras brilhantes e cruzes douradas e, depois, em armaduras prateadas com mosquetes e lanças, os soldados e no meio deles três homens descalços, usando estranhos vestidos amarelos inteiramente pintados com figuras maravilhosas, com velas acesas nas suas mãos. Certamente havia um grande número de coisas para se ver na floresta e quando estivesse cansada, encontraria um banco de musgo macio para ela ou carregaria-a nos braços, pois era muito forte, apesar de saber que não era alto. Faria para ela um colar de briônias vermelhas que seria tão lindo quanto as sementes brancas que ela usava no vestido e quando cansasse-se delas, poderia jogá-las fora e encontraria outras. Traria sementes em forma de copos e anêmonas molhadas de orvalho e vaga-lumes pequenininhos para servirem de estrelas nos seus cabelos de ouro pálido.

But where was she? He asked the white rose, and it made him no answer. The whole palace seemed asleep, and even where the shutters had not been closed, heavy curtains had been drawn across the windows to keep out the glare. He wandered all round looking for some place through which he might gain an entrance, and at last he caught sight of a little private door that was lying open. He slipped through, and found himself in a splendid hall, far more splendid, he feared, than the forest, there was so much more gilding everywhere, and even the floor was made of great coloured stones, fitted together into a sort of geometrical pattern. But the little Infanta was not there, only some wonderful white statues that looked down on him from their jasper pedestals, with sad blank eyes and strangely smiling lips.

At the end of the hall hung a richly embroidered curtain of black velvet, powdered with suns and stars, the King's favourite devices, and broidered on the colour he loved best. Perhaps she was hiding behind that? He would try at any rate.

Mas onde estava ela? Perguntou à rosa branca, mas não teve resposta. O palácio inteiro parecia adormecido e mesmo onde as persianas não foram fechadas, pesadas cortinas foram puxadas para conter a claridade. Vagou por toda parte procurando por algum lugar por onde pudesse entrar, e por fim avistou uma pequena porta particular que ficara aberta. Deslizou por ela e encontrou-se num esplêndido saguão e teve medo por ser muito mais esplêndido do que a floresta, pois havia muito mais dourado por toda a parte e até mesmo o chão era feito de grandes pedras coloridas, assentadas numa espécie de padrão geométrico. Mas a pequena Infanta não estava lá, somente algumas maravilhosas estátuas brancas que observavam-no de cima de seus pedestais de jaspe, com tristes olhos vazios e lábios estranhamente sorridentes.

E no fim do saguão pendia uma cortina de veludo preto ricamente bordada, salpicada com sóis e estrelas, as figuras favoritas do Rei, bordadas nas cores que ele mais amava. Talvez ela estivesse escondida atrás dali? Ele tentaria de qualquer forma.

So he stole quietly across, and drew it aside. No; there was only another room, though a prettier room, he thought, than the one he had just left. The walls were hung with a many-figured green arras of needle-wrought tapestry representing a hunt, the work of some Flemish artists who had spent more than seven years in its composition. It had once been the chamber of *Jean le Fou*[11], as he was called, that mad King who was so enamoured of the chase, that he had often tried in his delirium to mount the huge rearing horses, and to drag down the stag on which the great hounds were leaping, sounding his hunting horn, and stabbing with his dagger at the pale flying deer. It was now used as the council-room, and on the centre table were lying the red portfolios of the ministers, stamped with the gold tulips of Spain, and with the arms and emblems of the house of Hapsburg.

The little Dwarf looked in wonder all round him, and was half-afraid to go on. The strange silent horsemen that galloped so swiftly through the long glades without making any noise, seemed to him like those terrible phantoms of whom he had heard the charcoal-burners speaking – the Comprachos, who hunt only at night, and if they meet a man, turn him into a hind,

11   In French in the original: John, the Fool.

Então ele avançou silenciosamente e puxou a cortina. Não, havia apenas uma outra sala, uma mais bela, ele pensou, do que a que tinha acabado de deixar. Nas paredes estavam penduradas tapeçarias de arrás feitas com agulhas, com muitos adornos em verde, representando uma caçada, obra de alguns artistas flamengos que levaram mais de sete anos em sua composição. Esse tinha sido o quarto de *Jean le Fou*[11], como era chamado, o rei louco que era tão apaixonado por caçadas que sempre tentava, em seu delírio, montar os enormes cavalos empinados e arrastar o cervo sobre o qual os cães de caça estavam a saltar, tocando a sua trompa de caçador e apunhalando com a adaga o pálido cervo no ar. Agora era usada como sala do conselho e sobre a mesa do centro encontravam-se as pastas vermelhas dos ministros, estampadas com as tulipas douradas de Espanha e com as armas e emblemas da casa de Habsburgo.

O Anãozinho olhou ao redor, maravilhado e ficou meio temeroso em continuar. Os estranhos e silenciosos cavaleiros que galopavam tão velozmente através das clareiras sem fazer nenhum ruído pareciam para ele como aqueles terríveis fantasmas sobre quem ouvira os carvoeiros falarem – os Comprachos que caçavam apenas durante a noite e que se encontrassem um homem,

11   Em francês no original: João, o Louco.

and chase him. But he thought of the pretty Infanta, and took courage. He wanted to find her alone, and to tell her that he too loved her. Perhaps she was in the room beyond.

He ran across the soft Moorish carpets, and opened the door. No! She was not here either. The room was quite empty.

It was a throne-room, used for the reception of foreign ambassadors, when the King, which of late had not been often, consented to give them a personal audience; the same room in which, many years before, envoys had appeared from England to make arrangements for the marriage of their Queen, then one of the Catholic sovereigns of Europe, with the Emperor's eldest son. The hangings were of gilt Cordovan leather, and a heavy gilt chandelier with branches for three hundred wax lights hung down from the black and white ceiling. Underneath a great canopy of gold cloth, on which the lions and towers of Castile were broidered in seed pearls, stood the throne itself, covered with a rich pall of black velvet studded with silver tulips and elaborately fringed with silver and pearls. On the second step of the throne was placed the kneeling-stool of the Infanta, with its cushion of cloth of silver tissue, and below that again,

transformavam-no num cervo e perseguiam-no. Mas ele pensou na bela Infanta e tomou coragem. Queria encontrá-la sozinha e dizer-lhe que também amava-a. Talvez ela estivesse na próxima sala.

Ele correu por entre os macios tapetes mouros e abriu a porta. Não! Ela também não estava lá; a sala estava completamente vazia.

Era uma sala do trono, usada para a receção dos embaixadores estrangeiros, quando o Rei, que não a usava tão frequentemente, consentia em dar-lhes uma audiência pessoal; a mesma sala na qual, muitos anos antes, emissários tinham vindo da Inglaterra para fazer arranjos para o casamento da sua Rainha, então uma das soberanas católicas da Europa, com o filho mais velho do Imperador. Suspensos, viam-se cortinados feitos de couro dourado de Córdoba; e um pesado lustre dourado com ramos para trezentas velas de cera pendia do teto preto e branco. Debaixo de um grande dossel de tecido dourado, no qual leões e torres de Castela estavam bordados com perolazinhas, estava o próprio trono, coberto com um rico manto de veludo preto cravejado de tulipas prateadas e um elaborado adorno de prata e de pérolas. No segundo degrau do trono estava posicionado o genuflexório no qual a Infanta ajoelhava-se com a sua almofada

and beyond the limit of the canopy, stood the chair for the Papal Nuncio, who alone had the right to be seated in the King's presence on the occasion of any public ceremonial, and whose Cardinal's hat, with its tangled scarlet tassels, lay on a purple *tabouret* in front. On the wall, facing the throne, hung a life-sized portrait of Charles V. in hunting dress, with a great mastiff by his side; and a picture of Philip II. receiving the homage of the Netherlands occupied the centre of the other wall. Between the windows stood a black ebony cabinet, inlaid with plates of ivory, on which the figures from Holbein's Dance of Death had been graved by the hand, some said, of that famous master himself.

But the little Dwarf cared nothing for all this magnificence. He would not have given his rose for all the pearls on the canopy, nor one white petal of his rose for the throne itself. What he wanted was to see the Infanta before she went down to the pavilion, and to ask her to come away with him when he had finished his dance. Here, in the Palace, the air was close and heavy, but in the forest the wind blew free, and the sunlight with wandering hands of gold moved the tremulous leaves aside. There were flowers, too, in the forest, not so splendid, perhaps, as the flowers in

de tecido prateado, e além dos limites do dossel, a cadeira do Núncio Papal, que era o único que tinha o direito de sentar-se na presença do Rei por ocasião de qualquer cerimonial público, e cujo chapéu de Cardeal, com suas emaranhadas borlas escarlates, ficava sobre um *tabouret* púrpura diante dele. Na parede, diante do trono, estava um retrato em tamanho natural de Carlos V, vestido com trajes de caça, com um grande mastim ao seu lado; e um quadro de Felipe II a receber uma homenagem dos Países Baixos ocupava o centro da outra parede. Entre as janelas, havia um armário de ébano negro e dentro pratos de marfim nos quais figuras da Dança da Morte de Holbein estavam gravadas, segundo diziam, pelo próprio mestre famoso.

Mas o Anãozinho não se preocupou com nada dessa toda magnificência. Não daria a sua rosa branca em troca de todas as pérolas do dossel, nem trocaria uma única pétala pelo próprio trono. O que queria mesmo era ver a Infanta antes que ela descesse ao pavilhão e convidá-la para partir com ele ao terminar a sua dança. Ali no palácio o ar era pesado, claustrofóbico, mas na floresta o vento soprava livre e a luz do sol, com mãos douradas e errantes, afastava as folhas tremulantes. Havia flores na floresta também, não tão esplêndidas talvez como as flores do jardim, mas mais perfumadas

the garden, but more sweetly scented for all that; hyacinths in early spring that flooded with waving purple the cool glens, and grassy knolls; yellow primroses that nestled in little clumps round the gnarled roots of the oak-trees; bright celandine, and blue speedwell, and irises lilac and gold. There were grey catkins on the hazels, and the foxgloves drooped with the weight of their dappled bee-haunted cells. The chestnut had its spires of white stars, and the hawthorn its pallid moons of beauty. Yes: surely she would come if he could only find her! She would come with him to the fair forest, and all day long he would dance for her delight. A smile lit up his eyes at the thought, and he passed into the next room.

Of all the rooms this was the brightest and the most beautiful. The walls were covered with a pink-flowered Lucca damask, patterned with birds and dotted with dainty blossoms of silver; the furniture was of massive silver, festooned with florid wreaths, and swinging Cupids; in front of the two large fire-places stood great screens broidered with parrots and peacocks, and the floor, which was of sea-green onyx, seemed to stretch far away into the distance. Nor was he alone. Standing under the shadow of the doorway, at the extreme end of the room, he saw a little figure

que todas elas; jacintos no início da primavera que inundavam com ondas púrpuras os vales frescos e a relva das colinas; prímulas amarelas que aninhavam--se em pequenos grupos nas raízes retorcidas dos carvalhos; quelidônias brilhantes e verônicas azuis, lírios lilases e dourados. Havia amentilhos cinzentos nas nogueiras e dedaleiras caíam com o peso das células malhadas que as abelhas procuravam. A castanheira tinha espirais de estrelas brancas, e o espinheiro suas pálidas luas de beleza. Sim: com certeza ela viria, se pudesse ao menos encontrá-la! Viria com ele para a bela floresta e durante o dia inteiro ele dançaria para agradá-la. Um sorriso iluminou os seus olhos com o pensamento, e então passou para o quarto seguinte.

De todos os anteriores, esse era o mais brilhante e o mais bonito. As paredes eram cobertas com damasquilhos em flores rosadas de Luca, desenhadas com pássaros e pontilhadas com delicados botões de prata; a mobília era de prata maciça, adornada com grinaldas e cupidos dançantes. Em frente às duas lareiras enormes, havia grandes biombos bordados com papagaios e pavões e o piso, feito de ônix verde--mar, parecia estender-se ao longe, a perder-se na distância. Mas não estava sozinho. Parada à sombra da entrada ao fundo na extremidade da sala, avistou

watching him. His heart trembled, a cry of joy broke from his lips, and he moved out into the sunlight. As he did so, the figure moved out also, and he saw it plainly.

The Infanta! It was a monster, the most grotesque monster he had ever beheld. Not properly shaped, as all other people were, but hunchbacked, and crooked-limbed, with huge lolling head and mane of black hair. The little Dwarf frowned, and the monster frowned also. He laughed, and it laughed with him, and held its hands to its sides, just as he himself was doing. He made it a mocking bow, and it returned him a low reverence. He went towards it, and it came to meet him, copying each step that he made, and stopping when he stopped himself. He shouted with amusement, and ran forward, and reached out his hand, and the hand of the monster touched his, and it was as cold as ice. He grew afraid, and moved his hand across, and the monster's hand followed it quickly. He tried to press on, but something smooth and hard stopped him. The face of the monster was now close to his own, and seemed full of terror. He brushed his hair off his eyes. It imitated him. He struck at it, and it returned blow for blow. He loathed it, and it made hideous faces at him. He drew back, and it retreated.

uma pequena figura que observava-o. O seu coração tremeu, uma exclamação de júbilo rompeu dos seus lábios e ele moveu-se na direção do sol. Ao fazê-lo, a figura moveu-se também e ele viu-a claramente.

A Infanta! Não, era um monstro, o mais grotesco monstro que ele já tinha visto. Não tinha a forma correta, como todas as outras pessoas, mas era corcunda, com os membros tortos, com uma cabeça imensa pendente e uma juba de cabelos negros. O Anãozinho franziu o cenho e o monstro franziu também. Riu e a figura riu com ele e pôs as mãos na cintura, exatamente como ele estava fazendo. Curvou-se com zombaria, e a imagem retornou-lhe a pequena reverência. Aproximou-se e a figura foi ao seu encontro, imitando cada passo que dava e parando quando parou. Gritou com divertimento e correu adiante, estendendo-lhe a mão, e a mão do monstro tocou a sua e era tão fria quanto o gelo. Assustou-se e retirou a mão e a mão do monstro seguiu o movimento rapidamente. Tentou avançar, mas alguma coisa lisa e dura impediu-o. Agora, o rosto do monstro estava próximo do seu e parecia cheio de terror. Afastou os cabelos dos seus olhos. A figura imitou-o. Golpeou a imagem e ela devolveu-lhe golpe por golpe. Aborreceu-se e a figura fez-lhe caretas horrendas. Recuou e a imagem retirou-se.

What is it? He thought for a moment, and looked round at the rest of the room. It was strange, but everything seemed to have its double in this invisible wall of clear water. Yes, picture for picture was repeated, and couch for couch. The sleeping Faun that lay in the alcove by the doorway had its twin brother that slumbered, and the silver Venus that stood in the sunlight held out her arms to a Venus as lovely as herself.

Was it Echo? He had called to her once in the valley, and she had answered him word for word. Could she mock the eye, as she mocked the voice? Could she make a mimic world just like the real world? Could the shadows of things have colour and life and movement? Could it be that...?

He started, and taking from his breast the beautiful white rose, he turned round, and kissed it. The monster had a rose of its own, petal for petal the same! It kissed it with like kisses, and pressed it to its heart with horrible gestures.

When the truth dawned upon him, he gave a wild cry of despair, and fell sobbing to the ground. So it was he who was misshapen and hunchbacked, foul to look at and grotesque. He himself was the monster, and it was at him that all the children had been laugh-

O que era aquilo? Pensou por um instante e olhou ao redor da sala. Era estranho, mas tudo parecia estar duplicado naquela parede invisível de água clara. Sim, quadro por quadro, sofá por sofá, tudo estava repetido. O Fauno adormecido deitado na alcova junto à entrada tinha o seu irmão gêmeo que dormia, e a Vênus de prata em pé sob os raios de sol estendia os seus braços para a Vênus tão adorável quanto ela.

Seria Eco? Chamara por ela certa vez no vale e ela respondera-lhe palavra por palavra. Podia ela enganar os olhos como enganava a voz? Podia ela fazer uma imitação do mundo exatamente como o mundo real? Podiam as sombras das coisas possuir cores e vida e movimento? Podia ser que...?

Estremeceu e tirando do seu peito a linda rosa branca, voltou-se e beijou-a. O monstro também possuía uma rosa como a dele, igual pétala por pétala! Beijava-a com os mesmos beijos e apertava-a contra o seu coração com gestos horríveis.

Quando a verdade raiou sobre ele, deu um grito selvagem de desespero e, chorando, lançou-se ao chão. Então era ele o corcunda malformado, grotesco e asqueroso de ver-se. Ele próprio era o monstro e era dele que todas as crianças tinham rido e a Princesinha

ing, and the little Princess who he had thought loved him – she too had been merely mocking at his ugliness, and making merry over his twisted limbs. Why had they not left him in the forest, where there was no mirror to tell him how loathsome he was? Why had his father not killed him, rather than sell him to his shame? The hot tears poured down his cheeks, and he tore the white rose to pieces. The sprawling monster did the same, and scattered the faint petals in the air. It grovelled on the ground, and, when he looked at it, it watched him with a face drawn with pain. He crept away, lest he should see it, and covered his eyes with his hands. He crawled, like some wounded thing, into the shadow, and lay there moaning.

And at that moment the Infanta herself came in with her companions through the open window, and when they saw the ugly little dwarf lying on the ground and beating the floor with his clenched hands, in the most fantastic and exaggerated manner, they went off into shouts of happy laughter, and stood all round him and watched him.

"His dancing was funny", said the Infanta; "but his acting is funnier still. Indeed he is almost as good as the puppets, only of course not quite so natural." And she fluttered her big fan, and applauded.

que ele julgara que amava-o – ela também estava simplesmente zombando da feiúra, divertindo-se com os seus membros tortos. Por que não o deixaram na floresta, onde não havia espelho para dizer-lhe o quão repugnante ele era? Por que o seu pai não o matara, em vez de vendê-lo para envergonhá-lo? As lágrimas quentes correram pelo seu rosto e ele dilacerou a rosa branca em pedaços. Escarrapachado, o monstro fez o mesmo, espalhando as lânguidas pétalas no ar. A imagem rastejou pelo chão e quando ele fitou-a, olhou-o com o rosto tomado pela dor. Arrastou-se para longe para que não pudesse mais vê-lo, e cobriu os olhos com as suas mãos. Rastejou para as sombras como uma coisa ferida e lá ficou, gemendo.

E naquele momento a própria Infanta surgiu com os seus companheiros através da janela aberta, e quando eles viram o feio Anãozinho deitado no chão, golpeando o piso com as suas mãos apertadas, da maneira mais fantástica e exagerada, irromperam em gritos de risadas alegres, e ficaram todos em torno dele, em pé, observando-lhe.

"A sua dança foi engraçada", disse a Infanta, "mas a sua atuação é mais engraçada ainda. Na verdade, é quase tão bom quanto as marionetes, claro que não tão natural." E abanou o seu grande leque, aplaudindo.

But the little Dwarf never looked up, and his sobs grew fainter and fainter, and suddenly he gave a curious gasp, and clutched his side. And then he fell back again, and lay quite still.

"That is capital!", said the Infanta, after a pause; "but now you must dance for me."

"Yes", cried all the children, "you must get up and dance, for you are as clever as the Barbary apes, and much more ridiculous." But the little Dwarf made no answer.

And the Infanta stamped her foot, and called out to her uncle, who was walking on the terrace with the Chamberlain, reading some despatches that had just arrived from Mexico, where the Holy Office had recently been established. "My funny little dwarf is sulking", she cried, "you must wake him up, and tell him to dance for me."

They smiled at each other, and sauntered in, and Don Pedro stooped down, and slapped the Dwarf on the cheek with his embroidered glove. "You must dance", he said, *"petit monstre. You must dance. The Infanta of Spain and the Indies wishes to be amused."

But the little Dwarf never moved.

"A whipping master should be sent for", said Don

Mas o Anãozinho não tornou a erguer os olhos, e seus soluços ficaram cada vez mais fracos, e de repente deu um suspiro estranho e apertou o lado do corpo. E então caiu novamente, completamente imóvel.

"Isso é de primeira qualidade!", disse a Infanta, após uma pausa; "mas agora deve dançar para mim."

"Sim", exclamaram todas as crianças, "deve levantar-se e dançar, pois é tão esperto quanto os macacos da Berbéria e muito mais ridículo." Mas o Anãozinho nada respondeu.

E a Infanta bateu com o pé no chão e chamou o seu tio que estava andando pelo terraço junto com o Camarista, lendo alguns despachos que acabavam de chegar do México, onde o Santo Ofício acabara de estabelecer-se. "Meu Anãozinho engraçado está amuado", exclamou ela, "deve erguê-lo e dizer-lhe que dance para mim."

Sorriram um para o outro e entraram devagar; Dom Pedro parou e abaixou-se e, com a sua luva bordada, deu um tapa na bochecha do Anão. "Deve dançar", disse ele, "*petit monstre*. Deve dançar. A Infanta de Espanha e das Índias deseja divertir-se."

Mas o Anãozinho jamais tornou a mover-se.

"Mande vir o mestre dos açoitamentos", disse

Pedro wearily, and he went back to the terrace. But the Chamberlain looked grave, and he knelt beside the little dwarf, and put his hand upon his heart. And after a few moments he shrugged his shoulders, and rose up, and having made a low bow to the Infanta, he said:

"*Mi bella Princesa*, your funny little dwarf will never dance again. It is a pity, for he is so ugly that he might have made the King smile."

"But why will he not dance again?" asked the Infanta, laughing.

"Because his heart is broken", answered the Chamberlain.

And the Infanta frowned, and her dainty rose-leaf lips curled in pretty disdain. "For the future let those who come to play with me have no hearts", she cried, and she ran out into the garden.

Dom Pedro, cansado, ao voltar para o terraço. Mas o Camarista olhou sério, ajoelhou-se ao lado do Anãozinho e pôs a mão sobre o seu coração. E depois de alguns minutos ele encolheu de ombros, levantou-se e curvando-se longamente para a Infanta, disse:

"*Mi bella Princesa,* o seu Anãozinho engraçado jamais dançará novamente. É uma pena, pois ele é tão feio que poderia ter feito o Rei sorrir."

"Mas por que ele não tornará a dançar?", perguntou a Infanta, a rir-se.

"Porque o coração dele está partido", respondeu o Camarista.

E a Infanta fez uma cara feia e os delicados lábios rosados dobraram-se em gracioso desdém. "No futuro, que aqueles que venham brincar comigo não tenham coração", exclamou ela e correu para o jardim.

138
A HOUSE OF POMEGRANATES
OSCAR WILDE

139
A CASA DAS ROMÃS
OSCAR WILDE

THE FISHERMAN AND HIS SOUL

TO
H.S.H. ALICE
PRINCESS OF MONACO*.

Every evening the young Fisherman went out upon the sea, and threw his nets into the water.

When the wind blew from the land he caught nothing, or but little at best, for it was a bitter and black-winged wind, and rough waves rose up to meet it. But when the wind blew to the shore, the fish came in from

---

*   Alice Heine (1858-1925) was married Prince Albert of Monaco in 1889. She was a patroness of art and artists. Wilde seems to have met her first in Paris in 1891. H.S.H. stands for 'Her Serene Highness'.

O PESCADOR E A SUA ALMA

PARA
S.A.S. ALICE
PRINCESA DE MÔNACO*.

A cada entardecer o jovem Pescador saía para o mar e jogava as suas redes dentro da água.

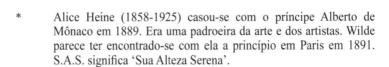

Quando o vento soprava da terra, nada apanhava, ou pouco na melhor das hipóteses, pois era um vento amargo de asas negras e ondas encrespadas erguiam-se para encontrá-lo. Mas quando o vento soprava para a costa, os

---

* Alice Heine (1858-1925) casou-se com o príncipe Alberto de Mônaco em 1889. Era uma padroeira da arte e dos artistas. Wilde parece ter encontrado-se com ela a princípio em Paris em 1891. S.A.S. significa 'Sua Alteza Serena'.

the deep, and swam into the meshes of his nets, and he took them to the market-place and sold them.

Every evening he went out upon the sea, and one evening the net was so heavy that hardly could he draw it into the boat. And he laughed, and said to himself, "Surely I have caught all the fish that swim, or snared some dull monster that will be a marvel to men, or some thing of horror that the great Queen will desire", and putting forth all his strength, he tugged at the coarse ropes till, like lines of blue enamel round a vase of bronze, the long veins rose up on his arms. He tugged at the thin ropes, and nearer and nearer came the circle of flat corks, and the net rose at last to the top of the water.

But no fish at all was in it, nor any monster or thing of horror, but only a little Mermaid lying fast asleep. Her hair was as a wet fleece of gold, and each separate hair as a thread of fine gold in a cup of glass. Her body was as white ivory, and her tail was of silver and pearl. Silver and pearl was her tail, and the green weeds of the sea coiled round it; and like sea-shells were her ears, and her lips were like sea-coral. The cold waves dashed over her cold breasts, and the salt glistened upon her eyelids.

peixes vinham do fundo, nadando para as malhas da rede e ele levava-os para o mercado e vendia-os.

A cada entardecer ele ia para o mar e, certa tarde, a rede estava tão pesada que quase não conseguiu puxá-la para dentro do barco. Ele riu e disse para si mesmo, "Certamente peguei todos os peixes que nadam, ou capturei algum monstro sombrio que deve maravilhar os homens, ou alguma coisa de horror que a grande Rainha desejará", e empregando toda a sua força, arrastou as cordas toscas até que, como linhas de esmalte azul em torno de um vaso de bronze, veias compridas emergissem dos seus braços. Puxou as finas cordas e cada vez mais perto vinha o círculo de cortiça lisa e por fim a rede surgiu fora da água.

Mas nenhum peixe estava ali, nem qualquer monstro ou coisa de horror, mas apenas uma pequena Sereia jazia adormecida. Os seus cabelos eram como uma lã de ouro molhada e cada fio separado era como uma linha de fino ouro numa taça de cristal. O seu corpo era como o branco marfim e a sua cauda era de prata e de pérolas. De prata e pérolas era a sua cauda e algas marinhas enrolavam-se ao redor dela; e como conchas do mar eram as suas orelhas e os seus lábios eram como os corais. Ondas frias batiam sobre os seios enregelados e o sal brilhava sobre as pálpebras.

So beautiful was she that when the young Fisherman saw her he was filled with wonder, and he put out his hand and drew the net close to him, and leaning over the side he clasped her in his arms. And when he touched her, she gave a cry like a startled seagull, and woke, and looked at him in terror with her mauve-amethyst eyes, and struggled that she might escape. But he held her tightly to him, and would not suffer her to depart.

And when she saw that she could in no way escape from him, she began to weep, and said, "I pray thee let me go, for I am the only daughter of a King, and my father is aged and alone".

But the young Fisherman answered, "I will not let thee go save thou makest me a promise that whenever I call thee, thou wilt come and sing to me, for the fish delight to listen to the song of the Sea-folk, and so shall my nets be full".

"Wilt thou in very truth let me go, if I promise thee this?", cried the Mermaid.

"In very truth I will let thee go", said the young Fisherman.

So she made him the promise he desired, and sware it by the oath of the Sea-folk. And he loosened

Tão linda era ela que quando o jovem Pescador a viu, encheu-se de admiração; estendeu as suas mãos e puxou a rede para perto dele e inclinando-se sobre a borda, agarrou-a em seus braços. Ao tocá-la, ela soltou um grito como uma gaivota assustada, ergueu-se e olhou para ele aterrorizada, com os seus olhos de malva ametista, lutando para conseguir escapar. Mas ele abraçou-a tão firmemente que não permitiu que ela partisse.

E quando ela viu que não poderia de modo nenhum escapar dele, começou a lamentar-se e a dizer, "Rogo-ti para que deixe-me partir, pois sou a filha única de um Rei,e o meu pai é idoso e sozinho."

Mas o jovem Pescador respondeu, "Não permitirei que partas se não me fizeres a promessa de que, sempre que chamar-te, tu virás cantar para mim, pois os peixes deleitam-se em ouvir o cântico do povo dos mares e assim as minhas redes estarão cheias."

"Tu verdadeiramente deixar-me-ás partir se eu prometer-te isso?", exclamou a Sereia.

"Verdadeiramente, deixar-te-ei partir", disse o jovem Pescador.

Então ela fez-lhe a promessa por ele desejada e jurou pelo juramento do povo do mar. E ele afrouxou

his arms from about her, and she sank down into the water, trembling with a strange fear.

Every evening the young Fisherman went out upon the sea, and called to the Mermaid, and she rose out of the water and sang to him. Round and round her swam the dolphins, and the wild gulls wheeled above her head.

And she sang a marvellous song. For she sang of the Sea-folk who drive their flocks from cave to cave, and carry the little calves on their shoulders; of the Tritons who have long green beards, and hairy breasts, and blow through twisted conchs when the King passes by; of the palace of the King which is all of amber, with a roof of clear emerald, and a pavement of bright pearl; and of the gardens of the sea where the great filigrane fans of coral wave all day long, and the fish dart about like silver birds, and the anemones cling to the rocks, and the pinks bourgeon in the ribbed yellow sand. She sang of the big whales that come down from the north seas and have sharp icicles hanging to their fins; of the Sirens who tell of such wonderful things that the merchants

os braços ao redor dela e a Sereia mergulhou na água, tremendo com um medo estranho.

A cada entardecer o jovem Pescador seguia para o mar, e chamava pela Sereia, e ela surgia das águas e cantava para ele. Ao redor dela, continuamente, nadavam os golfinhos, e as gaivotas selvagens faziam círculos sobre a sua cabeça.

E cantava uma música maravilhosa. Pois cantava sobre o povo do mar conduzindo rebanhos de caverna em caverna e carregando os filhotinhos de baleias sobre os ombros; sobre Tritões com longas barbas verdes e peitos peludos que sopravam em conchas retorcidas quando o Rei passava; sobre o palácio do Rei que era todo de âmbar, com o telhado de esmeraldas claras e uma calçada de pérolas brilhantes; sobre jardins do mar, onde grandes leques filigranados de coral ondeavam o dia todo, sobre peixes que lançavam-se sobre eles como pássaros de prata; sobre anémonas agarradas às rochas e gemas na estriada areia amarela. Cantava sobre grandes baleias que vinham dos mares do norte a trazer pingentes de gelo pontiagudos pendurados nas barbatanas; sobre Sereias que contam coisas tão

have to stop their ears with wax lest they should hear them, and leap into the water and be drowned; of the sunken galleys with their tall masts, and the frozen sailors clinging to the rigging, and the mackerel swimming in and out of the open portholes; of the little barnacles who are great travellers, and cling to the keels of the ships and go round and round the world; and of the cuttlefish who live in the sides of the cliffs and stretch out their long black arms, and can make night come when they will it. She sang of the nautilus who has a boat of her own that is carved out of an opal and steered with a silken sail; of the happy Mermen who play upon harps and can charm the great Kraken to sleep; of the little children who catch hold of the slippery porpoises and ride laughing upon their backs; of the Mermaids who lie in the white foam and hold out their arms to the mariners; and of the sea-lions with their curved tusks, and the sea-horses with their floating manes.

And as she sang, all the tunny-fish came in from the deep to listen to her, and the young Fisherman threw his nets round them and caught them, and others he took with a spear. And when his boat was well-laden, the Mermaid would sink down into the sea, smiling at him.

maravilhosas que os mercadores têm que tapar os ouvidos com cera para não ouvi-las ou pularão na água e afogar-se-ão; sobre galés de altos mastros afundadas com marinheiros congelados agarrados aos cordames, e cavalas a nadar, entrando e saindo nas vigias abertas. Sobre pequenas cirripédias que são grandes viajantes que agarram-se à quilha dos navios e dão voltas e mais voltas pelo mundo; sobre sépias que vivem ao lado dos rochedos estirando os longos braços negros e que podem fazer vir a noite quando desejarem. Cantou sobre o náutilo que tem um barco só seu entalhado numa opala, guiado por uma vela sedosa; sobre felizes Tritões que tocam harpas e podem enfeitiçar o grande Kraken para que durma; sobre criancinhas que capturam e seguram as escorregadias toninhas e montam rindo nas suas costas; sobre Sereias que ficam nas espumas brancas e com os seus braços envolvem os marinheiros; sobre leões-do-mar e as suas presas curvas; e sobre cavalos-marinhos e as suas crinas flutuantes.

E enquanto ela cantava, todos os atuns subiam do fundo para ouvi-la, e o jovem Pescador arremessava a rede em torno deles e capturava-os, outros ele pegava com um arpão. Quando o barco estava bem carregado, a Sereia mergulhava de volta para o mar, sorrindo para ele.

Yet would she never come near him that he might touch her. Oftentimes he called to her and prayed of her, but she would not; and when he sought to seize her she dived into the water as a seal might dive, nor did he see her again that day. And each day the sound of her voice became sweeter to his ears. So sweet was her voice that he forgot his nets and his cunning, and had no care of his craft. Vermilion-finned and with eyes of bossy gold, the tunnies went by in shoals, but he heeded them not. His spear lay by his side unused, and his baskets of plaited osier were empty. With lips parted, and eyes dim with wonder, he sat idle in his boat and listened, listening till the sea-mists crept round him, and the wandering moon stained his brown limbs with silver.

And one evening he called to her, and said, "Little Mermaid, little Mermaid, I love thee. Take me for thy bridegroom, for I love thee."

But the Mermaid shook her head. "Thou hast a human soul", she answered. "If only thou wouldst send away thy soul, then could I love thee."

And the young Fisherman said to himself, "Of what use is my soul to me? I cannot see it. I may not touch it. I do not know it. Surely I will send it away

Contudo, ela nunca aproximou-se a ponto dele poder tocá-la. Muitas vezes chamava e implorava por ela, mas ela não vinha; e quando procurava agarrá-la, ela mergulhava na água como uma foca e naquele dia não a via mais. E a cada dia o som da sua voz tornava-se mais doce para os seus ouvidos. Tão doce era a voz dela que ele esqueceu as redes e a destreza, não mais importando-se com seu ofício. De barbatanas avermelhadas e olhos dourados salientes, os atuns vinham em cardumes, mas ele não lhes dava atenção. O arpão jazia ao lado inútil e os cestos de vime trançado estavam vazios. Com os lábios entreabertos e os olhos vagos de admiração, sentava-se ocioso no barco e escutava, escutava, até que as brumas do mar envolvessem-no e a lua errante tingisse de prata os seus braços bronzeados.

E num entardecer chamou por ela, dizendo, "Pequena Sereia, pequena Sereia, amo-te. Tomai-me por teu noivo, pois amo-te."

Mas a Sereia meneou a cabeça. "Tens uma alma humana", respondeu ela. "Somente se mandasses embora a tua alma, então eu poderia amar-te."

E o jovem Pescador disse para si, "De que serve-me esta alma? Não posso vê-la. Não posso tocá-la. Não a conheço. Certamente mandá-la-ei embora e

from me, and much gladness shall be mine". And a cry of joy broke from his lips, and standing up in the painted boat, he held out his arms to the Mermaid. "I will send my soul away", he cried, "and you shall be my bride, and I will be thy bridegroom, and in the depth of the sea we will dwell together, and all that thou hast sung of thou shalt show me, and all that thou desirest I will do, nor shall our lives be divided."

And the little Mermaid laughed for pleasure and hid her face in her hands.

"But how shall I send my soul from me?", cried the young Fisherman. "Tell me how I may do it, and lo! it shall be done."

"Alas! I know not", said the little Mermaid, "the Sea-folk have no souls." And she sank down into the deep, looking wistfully at him.

Now early on the next morning, before the sun was the span of a man's hand above the hill, the young Fisherman went to the house of the Priest and knocked three times at the door.

isso trar-me-á muita alegria." Então uma exclamação de contentamento irrompeu dos seus lábios, e pondo-se em pé no barco pintado, estendeu os braços para a Sereia. "Mandarei minha alma embora", exclamou, "serás a minha noiva, serei o teu noivo e nas profundezas do mar moraremos juntos; e tudo aquilo sobre o que cantaste, mostrar-me-ás; e tudo o que desejares, fá-lo-ei; e as nossas vidas não poderão ser separadas."

E a pequena Sereia riu de prazer, escondendo o rosto entre as suas mãos.

"Mas como poderei mandar embora a minha alma?", clamou o jovem Pescador. "Diga-me como poderei fazê-lo e eis que isso será feito."

"Ai de mim! Eu não sei", disse a pequena Sereia, "O povo do mar não tem alma." E ela mergulhou para o fundo, olhando para ele melancolicamente.

Bem cedo, logo na manhã seguinte, antes que o sol tivesse a extensão da mão de um homem acima da colina, o jovem Pescador foi até a casa do Sacerdote e bateu por três vezes na porta.

The novice looked out through the wicket, and when he saw who it was, he drew back the latch and said to him, "Enter."

And the young Fisherman passed in, and knelt down on the sweet-smelling rushes of the floor, and cried to the Priest who was reading out of the Holy Book and said to him, "Father, I am in love with one of the Sea-folk, and my soul hindereth me from having my desire. Tell me how I can send my soul away from me, for in truth I have no need of it. Of what value is my soul to me? I cannot see it. I may not touch it. I do not know it."

And the Priest beat his breast, and answered, "Alack, alack, thou art mad, or hast eaten of some poisonous herb, for the soul is the noblest part of man, and was given to us by God that we should nobly use it. There is no thing more precious than a human soul, nor any earthly thing that can be weighed with it. It is worth all the gold that is in the world, and is more precious than the rubies of the kings. Therefore, my son, think not any more of this matter, for it is a sin that may not be forgiven. And as for the Sea-folk, they are lost, and they who would traffic with them are lost also. They are as the beasts of the field that know not good from evil, and for them the Lord has not died."

O noviço olhou para fora através do postigo, e quando ele viu quem era, puxou a aldrava para trás, e disse-lhe, "Entre."

E o jovem Pescador entrou e ajoelhou-se no piso feito de junco docemente perfumado e lamentou-se para o Padre que estava lendo o Livro Sagrado e disse-lhe, "Padre, estou apaixonado por alguém do povo do mar e a minha alma impede-me de realizar o meu desejo. Diga-me como posso expulsar de mim essa minha alma, pois na verdade eu não preciso dela. De que vale-me a alma? Não posso vê-la. Não posso tocá-la. Eu não a conheço."

E o Padre bateu no peito e respondeu, "Ai de mim! Ai de mim! És louco ou comeste de alguma erva venenosa, pois a alma é a parte mais nobre dum homem e foi-nos dada por Deus para que usemo-la nobremente. Nada é mais precioso que a alma humana, nem há nada na terra que possa comparar-se a ela. É mais valiosa que todo o ouro do mundo, mais preciosa que os rubis dos reis. Por isso, meu filho, não penses mais nesse assunto, pois é um pecado que não pode ser perdoado. E quanto ao povo do mar, estão perdidos e aqueles que envolverem-se com eles estão perdidos também. São como os animais do campo que não distinguem o bem do mal e não foi por eles que nosso Senhor morreu."

The young Fisherman's eyes filled with tears when he heard the bitter words of the Priest, and he rose up from his knees and said to him, "Father, the Fauns live in the forest and are glad, and on the rocks sit the Mermen with their harps of red gold. Let me be as they are, I beseech thee, for their days are as the days of flowers. And as for my soul, what doth my soul profit me, if it stand between me and the thing that I love?"

"The love of the body is vile", cried the Priest, knitting his brows, "and vile and evil are the pagan things God suffers to wander through His world. Accursed be the Fauns of the woodland, and accursed be the singers of the sea! I have heard them at night-time, and they have sought to lure me from my beads. They tap at the window, and laugh. They whisper into my ears the tale of their perilous joys. They tempt me with temptations, and when I would pray they make mouths at me. They are lost, I tell thee, they are lost. For them there is no heaven nor hell, and in neither shall they praise God's name."

"Father", cried the young Fisherman, "thou knowest not what thou sayest. Once in my net I snared the daughter of a King. She is fairer than the morning star, and whiter than the moon. For her body I would give

Os olhos do jovem Pescador encheram-se de lágrimas quando ele ouviu as palavras amargas do Padre; ele ergueu-se dos seus joelhos e disse-lhe, "Padre, os Faunos vivem na floresta e são felizes, e nas pedras sentam-se os Tritões com as suas harpas de ouro vermelho. Deixe-me ser como eles são, rogo-te, pois os dias para eles são floridos. E quanto à minha alma, que benefício ela traz-me, pois se ela se coloca entre mim e aquilo que eu amo?"

"O amor do corpo é vil", exclamou o Padre, a franzir as suas sobrancelhas, "e vis e malignas são as coisas pagãs que Deus tolera que vaguem pelo Seu mundo. Amaldiçoados são os Faunos da floresta, e amaldiçoados são os cantores do mar! Tenho-os ouvido à noite, e têm tentado seduzir-me, desviando--me do rosário. Dão pancadinhas na janela e riem. Sussurram em meus ouvidos contos das suas alegrias perigosas. Tentam-me com tentações e quando devo rezar, fazem caretas para mim. Estão perdidos, digo--te, estão perdidos. Para eles, não há paraíso nem inferno, e em nada exaltam o nome de Deus."

"Padre", clamou o jovem Pescador, "tu não sabes o que dizes. Certa vez capturei em minha rede a filha de um Rei. Ela é mais bela que a estrela da manhã, e mais branca que a lua. Pelo seu corpo eu daria a minha

my soul, and for her love I would surrender heaven. Tell me what I ask of thee, and let me go in peace."

"Away! Away!", cried the Priest, "thy leman is lost, and thou shalt be lost with her!"

And he gave him no blessing, but drove him from his door.

And the young Fisherman went down into the market-place, and he walked slowly, and with bowed head, as one who is in sorrow.

And when the merchants saw him coming, they began to whisper to each other, and one of them came forth to meet him, and called him by name, and said to him, "What hast thou to sell?"

"I will sell thee my soul", he answered. "I pray thee buy it of me, for I am weary of it. Of what use is my soul to me? I cannot see it. I may not touch it. I do not know it."

But the merchants mocked at him, and said, "Of what use is a man's soul to us? It is not worth a clipped piece of silver. Sell us thy body for a slave, and we will clothe thee in sea-purple, and put a ring upon thy finger, and make thee the minion of the great Queen. But talk not of the soul, for to us it is nought, nor has it any value for our service."

alma e pelo seu amor eu entregaria o Céu. Diga-me o que pergunto-te e deixai-me ir em paz."

"Para trás! Para trás!", exclamou o Padre, "tua amante está perdida e tu te perderás com ela!"

E não lhe deu nenhuma bênção, mas expulsou-o porta a fora.

E o jovem Pescador desceu até o mercado, e andou devagar, e com cabeça baixa, como quem está profundamente entristecido.

E quando os mercadores viram-no aproximar--se, cochicharam uns com os outros e um deles veio adiante para encontrá-lo e chamou-lhe pelo nome e disse-lhe, "O que tens para vender?"

"Vender-te-ei a minha alma", respondeu. "Rogo--te que compre-a de mim, pois estou cansado dela. De que vale-me a alma? Não posso vê-la. Não posso tocá-la. Não a conheço."

Mas os mercadores riram-se dele e disseram, "De que serve a alma de um homem para nós? Não vale uma moeda de prata. Vende-nos teu corpo como escravo; vestir-te-emos de roxo-marinho, poremos um anel em teu dedo e far-te-emos o favorito da grande Rainha. Mas não venhas falar de alma, pois para nós é nada, não tem nenhum valor para o nosso trabalho."

And the young Fisherman said to himself, "How strange a thing this is! The Priest telleth me that the soul is worth all the gold in the world, and the merchants say that it is not worth a clipped piece of silver." And he passed out of the market-place, and went down to the shore of the sea, and began to ponder on what he should do.

And at noon he remembered how one of his companions, who was a gatherer of samphire, had told him of a certain young Witch who dwelt in a cave at the head of the bay and was very cunning in her witcheries. And he set to and ran, so eager was he to get rid of his soul, and a cloud of dust followed him as he sped round the sand of the shore. By the itching of her palm the young Witch knew his coming, and she laughed and let down her red hair. With her red hair falling around her, she stood at the opening of the cave, and in her hand she had a spray of wild hemlock that was blossoming.

"What d'ye lack? What d'ye lack?", she cried, as he came panting up the steep, and bent down before

A CASA DAS ROMÃS
OSCAR WILDE

E o jovem Pescador disse para si mesmo, "Mas que coisa mais estranha é essa! O Padre disse-me que a alma é mais valiosa que todo o ouro do mundo e os mercadores dizem que ela não vale nem uma peça cortada de prata." E ele atravessou o mercado, desceu até a encosta do mar e começou a ponderar sobre o que ele deveria fazer.

E à noite lembrou-se de que um de seus companheiros, um colhedor de funchos marítimos, contara-lhe sobre uma determinada Bruxa, muito jovem, que vivia numa caverna na entrada da baía e que era muito hábil em bruxarias. Pôs-se a correr de tão ansioso que estava por livrar-se da sua alma e uma nuvem de poeira acompanhava-o enquanto corria pela areia da praia. Pela coceira na palma da mão, a jovem Bruxa soube que ele estava vindo e, rindo, soltou os cabelos ruivos. Com os rubros cabelos descendo à sua volta, postou-se na abertura da caverna e na mão trazia um ramo de cicuta selvagem que florescia.

"Do que precisas? Do que precisas?", exclamou ela, enquanto ele descia ofegante pelo precipício e

her. "Fish for thy net, when the wind is foul? I have a little reed-pipe, and when I blow on it the mullet come sailing into the bay. But it has a price, pretty boy, it has a price. What d'ye lack? What d'ye lack? A storm to wreck the ships, and wash the chests of rich treasure ashore? I have more storms than the wind has, for I serve one who is stronger than the wind, and with a sieve and a pail of water I can send the great galleys to the bottom of the sea. But I have a price, pretty boy, I have a price. What d'ye lack? What d'ye lack? I know a flower that grows in the valley, none knows it but I. It has purple leaves, and a star in its heart, and its juice is as white as milk. Shouldst thou touch with this flower the hard lips of the Queen, she would follow thee all over the world. Out of the bed of the King she would rise, and over the whole world she would follow thee. And it has a price, pretty boy, it has a price. What d'ye lack? What d'ye lack? I can pound a toad in a mortar, and make broth of it, and stir the broth with a dead man's hand. Sprinkle it on thine enemy while he sleeps, and he will turn into a black viper, and his own mother will slay him. With a wheel I can draw the Moon from heaven, and in a crystal I can show thee Death. What d'ye lack? What d'ye lack? Tell me thy desire, and I will give it thee,

inclinou-se diante dela. "Peixes para a tua rede quando o vento está cortante? Tenho uma flautinha de bambu e ao soprá-la as tainhas vêm a nadar até a baía. Mas isso tem um preço, menino bonito, tem um preço. Do que precisas? Do que precisas? Uma tempestade para destruir os navios, arrastando arcas com ricos tesouros até a praia? Tenho mais tempestades que o próprio vento, pois sirvo a alguém que é mais forte que o vento e com uma peneira e um balde de água posso mandar as grandes galés para as profundezas do mar. Mas tenho um preço, menino bonito, tenho um preço. Do que precisas? Do que precisas? Sei de uma flor que nasce no vale, ninguém conhece-a além de mim. Tem folhas púrpuras, uma estrela no coração e o suco é branco como o leite. Se tocares com essa flor os lábios duros da Rainha, ela te seguirá por todo o mundo. Da cama do Rei ela se levantará e por todo o mundo seguir-te-á. E isso tem um preço, menino bonito, tem um preço. Do que precisas? Do que precisas? Posso moer um sapo num almofariz, fazer um caldo com ele e mexê-lo com a mão dum morto. Borrife isso em teu inimigo enquanto ele dorme e ele transformar-se-á numa serpente negra e a própria mãe matá-lo-á. Com uma roda posso puxar a Lua do firmamento e num cristal posso mostrar-te a tua Morte. Do que precisas? Do que precisas? Conte-me

and thou shalt pay me a price, pretty boy, thou shalt pay me a price."

"My desire is but for a little thing", said the young Fisherman, "yet hath the Priest been wroth with me, and driven me forth. It is but for a little thing, and the merchants have mocked at me, and denied me. Therefore am I come to thee, though men call thee evil, and whatever be thy price I shall pay it."

"What wouldst thou?", asked the Witch, coming near to him.

"I would send my soul away from me", answered the young Fisherman.

The Witch grew pale, and shuddered, and hid her face in her blue mantle. "Pretty boy, pretty boy", she muttered, "that is a terrible thing to do."

He tossed his brown curls and laughed. "My soul is nought to me", he answered. "I cannot see it. I may not touch it. I do not know it."

"What wilt thou give me if I tell thee?", asked the Witch, looking down at him with her beautiful eyes.

"Five pieces of gold", he said, "and my nets, and the wattled house where I live, and the painted boat in which I sail. Only tell me how to get rid of my soul, and I will give thee all that I possess."

o teu desejo e dar-te-ei o que queres e pagarás o meu preço, menino bonito, pagarás o meu preço."

"Meu desejo é apenas uma coisinha", disse o jovem Pescador, "apesar de ter o Padre aborrecido-se comigo e posto-me para fora. É apenas coisinha, mas os mercadores zombaram de mim, e rejeitaram-me. Portanto vim a ti, ainda que os homens chamem-te de maligna, e qualquer que seja o teu preço eu pagarei."

"O que desejas?", perguntou a Bruxa, ao aproximar-se dele.

"Desejo mandar a minha alma para longe de mim", respondeu o jovem Pescador.

A Bruxa tornou-se pálida e estremeceu, cobrindo o rosto com o manto azul. "Menino bonito, menino bonito", murmurou, "é uma coisa terrível de ser feito."

Ele agitou os cachos castanhos, rindo. "A minha alma não é nada para mim", respondeu. Não posso vê-la. Não posso tocá-la. Não a conheço."

"O que dar-me-ás se eu te disser?", perguntou a Feiticeira, mirando-lhe com os seus belos olhos.

"Cinco moedas de ouro", disse ele, "as minhas redes, a casa de bambu na qual eu vivo e o barco pintado no qual eu navego. Apenas dizei-me como libertar-me de minha alma e dar-te-ei tudo o quanto possuo."

She laughed mockingly at him, and struck him with the spray of hemlock. "I can turn the autumn leaves into gold", she answered, "and I can weave the pale moonbeams into silver if I will it. He whom I serve is richer than all the kings of this world, and has their dominions."

"What then shall I give thee", he cried, "if thy price be neither gold nor silver?"

The Witch stroked his hair with her thin white hand. "Thou must dance with me, pretty boy", she murmured, and she smiled at him as she spoke.

"Nought but that?", cried the young Fisherman in wonder and he rose to his feet.

"Nought but that", she answered, and she smiled at him again.

"Then at sunset in some secret place we shall dance together", he said, "and after that we have danced thou shalt tell me the thing which I desire to know."

She shook her head. "When the moon is full, when the moon is full", she muttered. Then she peered all round, and listened. A blue bird rose screaming from its nest and circled over the dunes, and three spotted birds rustled through the coarse grey grass and whistled to each other. There was no other sound save the

Ela riu, zombando dele, e bateu-lhe com o ramo de cicuta. "Posso tornar as folhas do outono em ouro", respondeu, "e posso transformar em prata os pálidos raios da lua se eu desejar. Aquele a quem sirvo é mais rico que todos os reis do mundo e a ele pertencem os domínios dos reis."

"O que então devo dar-te?", lamentou ele, "se teu preço não é nem o ouro nem a prata?"

A Bruxa acariciou os cabelos dele com as mãos brancas e delicadas. "Deve dançar comigo, menino bonito", murmurou e sorriu-lhe enquanto ela falava.

"Nada além disso?", exclamou o jovem Pescador maravilhado e se pôs em pé.

"Nada além disso", respondeu ela, sorrindo para ele novamente.

"Então ao crepúsculo, em algum lugar secreto, nós dançaremos juntos", disse ele, "e depois de nós termos dançado tu me dirás a coisa que eu desejo saber."

Ela balançou a cabeça. "Quando a lua estiver cheia, quando a lua estiver cheia", ela murmurou. Então perscrutou em torno e escutou. Um azulão levantou-se gritando do ninho e voou em círculos sobre as dunas; três pássaros malhados agitaram-se em meio à espessa relva cinza, assobiando um para o

sound of a wave fretting the smooth pebbles below. So she reached out her hand, and drew him near to her and put her dry lips close to his ear.

"Tonight thou must come to the top of the mountain", she whispered. "It is a Sabbath, and He will be there."

The young Fisherman started and looked at her, and she showed her white teeth and laughed. "Who is He of whom thou speakest?", he asked.

"It matters not", she answered. "Go thou tonight, and stand under the branches of the hornbeam, and wait for my coming. If a black dog run towards thee, strike it with a rod of willow, and it will go away. If an owl speak to thee, make it no answer. When the moon is full I shall be with thee, and we will dance together on the grass."

"But wilt thou swear to me to tell me how I may send my soul from me?", he made question.

She moved out into the sunlight, and through her red hair rippled the wind. "By the hoofs of the goat I swear it", she made answer.

"Thou art the best of the witches", cried the young Fisherman, "and I will surely dance with thee tonight on the top of the mountain. I would indeed that thou

outro. Não havia nenhum outro som além do barulho das ondas roçando os seixos macios abaixo. Então, estendeu a sua mão e puxou-o para perto dela, encostando os lábios secos nos seus ouvidos.

"Esta noite tu deverás vir ao topo da montanha", ela sussurrou, "é um Sabá e Ele estará lá."

O jovem Pescador parou e olhou-a, e ela mostrou-lhe os dentes brancos e riu. "Quem é Ele de quem tu falas?", perguntou ele.

"Isso não importa", respondeu. "Irás esta noite, e ficarás sob os ramos da faia, e esperarás pela minha chegada. Se um cão negro correr perto de ti, acerta-o com uma vara de salgueiro e ele irá embora. Se um mocho falar contigo, não dê-lhe resposta. Quando a lua estiver cheia eu estarei contigo e nós dançaremos juntos sobre a relva."

"Mas juras que dir-me-ás como poderei mandar embora a minha alma?", questionou ele.

Ela moveu-se em direção à luz do sol e o vento ondulou por entre os seus cabelos ruivos. "Pelas patas do bode, eu o juro", foi a resposta que ela deu.

"És a melhor das feiticeiras", exclamou o jovem Pescador, "e certamente dançarei contigo esta noite no topo da montanha. Na verdade, preferia que pedisse-

hadst asked of me either gold or silver. But such as thy price is thou shalt have it, for it is but a little thing." And he doffed his cap to her, and bent his head low, and ran back to the town filled with a great joy.

And the Witch watched him as he went, and when he had passed from her sight she entered her cave, and having taken a mirror from a box of carved cedarwood, she set it up on a frame, and burned vervain on lighted charcoal before it, and peered through the coils of the smoke. And after a time she clenched her hands in anger. "He should have been mine", she muttered, "I am as fair as she is."

And that evening, when the moon had risen, the young Fisherman climbed up to the top of the mountain, and stood under the branches of the hornbeam. Like a targe of polished metal, the round sea lay at his feet, and the shadows of the fishing-boats moved in the little bay. A great owl, with yellow sulphurous eyes, called to him by his name, but he made it no answer. A black dog ran towards him and snarled. He struck it with a rod of willow, and it went away whining.

-me ouro ou prata. Porém esse é teu preço e o terás, e não é nada além duma coisinha." Tirou o seu chapéu para ela, fez uma reverência com a cabeça e correu de volta para a cidade cheio de grande contentamento.

E a Bruxa observava-o enquanto ele partia e quando perdeu-o de vista, entrou na sua caverna; e tendo retirado um espelho de uma caixa entalhada em madeira de cedro, colocou-o numa armação e queimou verbena diante dele num carvão aceso, perscrutando por entre as espirais de fumaça. Depois de algum tempo, apertou as mãos com raiva. "Ele deveria ter sido meu", murmurou, "Sou mais formosa do que ela."

Ao anoitecer, quando a lua estava alta, o jovem Pescador escalou até o topo da montanha e esperou sob os ramos da faia. Como um escudo de metal polido em volta, o mar estendia-se aos seus pés e a sombra dos barcos de pesca movia-se na pequena baía. Um grande mocho, com olhos amarelos sulfurosos, chamou-lhe pelo nome, mas ele não respondeu. Um cachorro negro correu na direção dele, rosnando. Ele o golpeou com uma vara de salgueiro e o cão foi embora ganindo.

At midnight the witches came flying through the air like bats. "Phew!", they cried, as they lit upon the ground, "there is some one here we know not!" and they sniffed about, and chattered to each other, and made signs. Last of all came the young Witch, with her red hair streaming in the wind. She wore a dress of gold tissue embroidered with peacocks' eyes, and a little cap of green velvet was on her head.

"Where is he, where is he?", shrieked the witches when they saw her, but she only laughed, and ran to the hornbeam, and taking the Fisherman by the hand she led him out into the moonlight and began to dance.

Round and round they whirled, and the young Witch jumped so high that he could see the scarlet heels of her shoes. Then right across the dancers came the sound of the galloping of a horse, but no horse was to be seen, and he felt afraid.

"Faster", cried the Witch, and she threw her arms about his neck, and her breath was hot upon his face. "Faster, faster!", she cried, and the earth seemed to spin beneath his feet, and his brain grew troubled, and a great terror fell on him, as of some evil thing that was watching him, and at last he became aware that under the shadow of a rock there was a figure that had not been there before.

À meia-noite as bruxas chegaram voando pelos ares como morcegos. "Arre!", exclamaram assim que tocaram o chão, "há alguém aqui que não conhecemos!", e farejavam ao redor, tagarelando umas com as outras e fazendo sinais. Por fim chegou a jovem Bruxa, com os cabelos ruivos ao vento. Trajava um vestido de tecido dourado bordado com olhos de pavão e trazia à cabeça um pequeno capuz de veludo verde.

"Onde está ele? Onde está ele?", gritaram as bruxas quando viram-na, mas ela apenas riu e correu para a faia e tomando o Pescador pela mão, conduziu-o até os raios da lua e começaram a dançar.

Em voltas e mais voltas eles rodopiaram e a jovem Bruxa saltou tão alto que ele pôde ver-lhe os saltos escarlates dos sapatos. Então, vindo direto do outro lado dos dançarinos, veio o som do galopar de um cavalo, mas não via-se nenhum cavalo e ele teve medo.

"Mais rápido", exclamou a Bruxa, atirando os braços em torno do pescoço dele, exalando o hálito quente sobre o seu rosto. "Mais rápido, mais rápido!", clamou ela e a terra pareceu girar sob os pés dele, a mente ficou perturbada e um grande terror caiu sobre ele, como se algo maligno estivesse-o observando; por fim, tomou consciência de que sob a sombra de uma pedra havia um vulto que não estava ali antes.

It was a man dressed in a suit of black velvet, cut in the Spanish fashion. His face was strangely pale, but his lips were like a proud red flower. He seemed weary, and was leaning back toying in a listless manner with the pommel of his dagger. On the grass beside him lay a plumed hat, and a pair of riding-gloves gauntleted with gilt lace, and sewn with seed-pearls wrought into a curious device. A short cloak lined with sables hang from his shoulder, and his delicate white hands were gemmed with rings. Heavy eyelids drooped over his eyes.

The young Fisherman watched him, as one snared in a spell. At last their eyes met, and wherever he danced it seemed to him that the eyes of the man were upon him. He heard the Witch laugh, and caught her by the waist, and whirled her madly round and round.

Suddenly a dog bayed in the wood, and the dancers stopped, and going up two by two, knelt down, and kissed the man's hands. As they did so, a little smile touched his proud lips, as a bird's wing touches the water and makes it laugh. But there was disdain in it. He kept looking at the young Fisherman.

"Come! Let us worship", whispered the Witch, and she led him up, and a great desire to do as she

Era um homem vestindo um terno de veludo negro, cortado à moda de Espanha. O rosto era estranhamente pálido, mas os lábios eram como a soberba rosa vermelha. Parecia cansado e estava encostado brincando distraidamente com o punho da adaga. Na relva, ao seu lado, havia um chapéu emplumado e luvas de montaria com manopla de cordões dourados, com pérolas semeadas forjando um desenho curioso. Um manto curto forrado com pele de marta pendia dos ombros e as mãos brancas e delicadas estavam adornadas com anéis. Sobre os olhos caíam pesadas pálpebras.

O jovem Pescador olhava-o como se estivesse preso dentro de um encantamento. Por fim os olhares encontraram-se e para onde quer que ele dançasse parecia-lhe que os olhos do homem estavam sobre ele. Ouviu a Bruxa rir e, ao tomá-la pela cintura, rodopiou-a loucamente dando voltas e mais voltas.

De repente um cão ladrou na floresta, os dançarinos pararam e aos pares ajoelharam-se e beijaram a mão do homem. Ao fazerem isso, um pequeno sorriso tocou-lhe os lábios orgulhosos, como as asas dos pássaros que tocam a água e fazem-na rir. Mas havia desdém ali e ele manteve-se olhando para o jovem Pescador.

"Venha! Vamos venerá-lo", sussurrou a Bruxa, ao conduzi-lo para cima, e um grande desejo de atender-

besought him seized on him, and he followed her. But when he came close, and without knowing why he did it, he made on his breast the sign of the Cross, and called upon the holy name.

No sooner had he done so than the witches screamed like hawks and flew away, and the pallid face that had been watching him twitched with a spasm of pain. The man went over to a little wood, and whistled. A jennet with silver trappings came running to meet him. As he leapt upon the saddle he turned round, and looked at the young Fisherman sadly.

And the Witch with the red hair tried to fly away also, but the Fisherman caught her by her wrists, and held her fast.

"Loose me", she cried, "and let me go. For thou hast named what should not be named, and shown the sign that may not be looked at."

"Nay", he answered, "but I will not let thee go till thou hast told me the secret."

'What secret?' said the Witch, wrestling with him like a wild cat, and biting her foam-flecked lips.

"Thou knowest", he made answer.

Her grass-green eyes grew dim with tears, and she said to the Fisherman, "Ask me anything but that!"

-lhe às súplicas dela apoderou-se dele, e então ele a seguiu. Mas quando ele aproximou-se, e sem saber o porquê de tê-lo feito, fez em seu peito o sinal da Cruz, e clamou pelo santo nome.

Tão logo ele havia-o feito, as bruxas gritaram como falcões e voaram para longe e o rosto pálido que observava-o contorceu-se com um espasmo de dor. O homem entrou num pequeno bosque e assobiou. Um ginete com arreios de prata veio correndo ao seu encontro. Assim que saltou sobre a cela, ele virou e olhou melancolicamente para o jovem Pescador.

E a Bruxa de cabelos ruivos também tentou voar para longe, mas o jovem Pescador agarrou-a pelos pulsos, segurando-a rapidamente.

"Solte-me", ela clamou, "e deixe-me ir. Pois tu invocaste aquele que não deveria ser invocado e fizeste o sinal que não pode ser mirado."

"Não", respondeu ele, "não te deixarei partir até que revele-me o segredo."

"Qual segredo?", disse a Bruxa, brigando como um gato selvagem e a morder os próprios lábios a espumar.

"Tu sabes", respondeu ele.

Seus olhos esverdeados escureceram-se com lágrimas e disse ao Pescador, "Peça-me tudo, menos isso!"

He laughed, and held her all the more tightly.

And when she saw that she could not free herself, she whispered to him, "Surely I am as fair as the daughters of the sea, and as comely as those that dwell in the blue waters", and she fawned on him and put her face close to his.

But he thrust her back frowning, and said to her, 'If thou keepest not the promise that thou madest to me I will slay thee for a false witch."

She grew grey as a blossom of the Judas tree, and shuddered. "Be it so", she muttered. "It is thy soul and not mine. Do with it as thou wilt." And she took from her girdle a little knife that had a handle of green viper's skin, and gave it to him.

"What shall this serve me?", he asked of her, wondering.

She was silent for a few moments, and a look of terror came over her face. Then she brushed her hair back from her forehead, and smiling strangely she said to him, "What men call the shadow of the body is not the shadow of the body, but is the body of the soul. Stand on the sea-shore with thy back to the moon, and cut away from around thy feet thy shadow, which is thy soul's body, and bid thy soul leave thee, and it will do so."

Ele riu e segurou-a com mais força.

Quando ela viu que não poderia libertar-se, sussurrou para ele, "Com certeza sou tão bela quanto as filhas do mar e tão graciosa quanto aquelas que moram nas águas azuis", e olhou-o afetuosamente, ao aproximar-se do rosto dele.

Porém ele empurrou-a para trás, aborrecido, e disse-lhe, "Se não mantiveres a promessa que fizeste-me, matá-la-ei como uma falsa bruxa."

Ela entristeceu-se e tornou-se cinza como uma flor da árvore de Judas e estremeceu. "Então assim seja", murmurou. "É tua alma e não a minha. Faça o que desejares." Então tirou da cinta uma pequena faca com cabo de pele serpente verde e entregou-a para ele.

"De que isso serve-me?", perguntou ele para ela, cheio de curiosidade.

Ela permaneceu em silêncio por alguns minutos e o seu rosto cobriu-se de terror. Então, ao afastar os cabelos da sua fronte, e sorrindo estranhamente, ela disse para ele, "Aquilo que os homens chamam de sombra do corpo não é a sombra do corpo, é o corpo da alma. Fique em pé diante da enseada, de costas para a lua e corte a tua sombra rente aos teus pés, que é corpo da tua alma, e permita que a tua alma o deixes e ela assim o fará."

The young Fisherman trembled, "Is this true?", he murmured.

"It is true, and I would that I had not told thee of it", she cried, and she clung to his knees weeping.

He put her from him and left her in the rank grass, and, going to the edge of the mountain, he placed the knife in his belt and began to climb down.

And his Soul that was within him called out to him and said, "Lo! I have dwelt with thee for all these years, and have been thy servant. Send me not away from thee now, for what evil have I done thee?"

And the young Fisherman laughed. "Thou hast done me no evil, but I have no need of thee", he answered. "The world is wide, and there is Heaven also, and Hell, and that dim twilight house that lies between. Go wherever thou wilt, but trouble me not, for my love is calling to me."

And his Soul besought him piteously, but he heeded it not, but leapt from crag to crag, being sure-footed as a wild goat, and at last he reached the level ground and the yellow shore of the sea.

Bronze-limbed and well-knit, like a statue wrought by a Grecian, he stood on the sand with his back to the moon, and out of the foam came white

O jovem Pescador estremeceu, "Isso é verdade?", murmurou ele.

"É verdade e preferia não ter-te contado", ela lamentou, e agarrou-se em prantos nos joelhos dele.

Ele afastou-a de si, deixando-a sobre a relva espessa e, caminhando até a extremidade da montanha, colocou a faca no seu cinto e começou a descer.

E a sua Alma que estava dentro dele chamou-lhe e disse, "Ei! Tenho morado contigo por todos esses anos e tenho sido a tua serva. Não me mandes para longe agora, pois que mal tenho feito eu a ti?"

O jovem Pescador riu. "Não me fizeste nenhum mal, mas não preciso de ti", respondeu. "O mundo é vasto e há também o Paraíso e o Inferno, além daquela casa escura e crepuscular que fica entre os dois. Vá para onde quiseres, mas não me aborreças mais, pois o meu amor está a chamar por mim."

E a Alma implorou-lhe piedosamente, mas ele não a atendeu e saltou de rochedo em rochedo com a segurança de um bode selvagem, até alcançar o nível do solo e a areia amarela do mar.

Com membros bronzeados e bem formados como uma estátua forjada por um Grego, postou-se na areia de costas para a lua; da espuma saíam braços alvos

arms that beckoned to him, and out of the waves rose dim forms that did him homage. Before him lay his shadow, which was the body of his soul, and behind him hung the moon in the honey-coloured air.

And his Soul said to him, "If indeed thou must drive me from thee, send me not forth without a heart. The world is cruel, give me thy heart to take with me."

He tossed his head and smiled. "With what should I love my love if I gave thee my heart?", he cried.

"Nay, but be merciful", said his Soul, "give me thy heart, for the world is very cruel, and I am afraid."

"My heart is my love's", he answered, "therefore tarry not, but get thee gone."

"Should I not love also?", asked his Soul.

"Get thee gone, for I have no need of thee", cried the young Fisherman, and he took the little knife with its handle of green viper's skin, and cut away his shadow from around his feet, and it rose up and stood before him, and looked at him, and it was even as himself.

He crept back, and thrust the knife into his belt, and a feeling of awe came over him. "Get thee gone', he murmured, "and let me see thy face no more."

que acenavam para ele e das ondas erguiam-se formas escuras que prestavam-lhe homenagem. Diante dele estendia-se a sua sombra, que era o corpo da sua alma e atrás dele a lua estava suspensa no ar cor de mel.

E a sua Alma disse-lhe, "Se precisas mesmo de conduzir-me para fora de ti, não me mandes embora sem um coração. O mundo é cruel, dê-me o teu coração para que leve-o comigo."

Ele meneou a sua cabeça e sorriu. "Com que amarei o meu amor se der a ti o meu coração?", exclamou.

"Não, mas sê misericordioso", disse a Alma, "dá-me o teu coração, pois o mundo é bem cruel e tenho medo."

"Meu coração é do meu amor", respondeu, "portanto não demores mais, vai-te embora."

"Também não deveria eu amar?", perguntou a Alma.

"Vai-te embora, pois não tenho necessidade de ti", clamou o jovem Pescador, e ele pegou a pequena faca com o seu cabo de pele de serpente verde e cortou a sua sombra em torno dos seus pés; e ela ergueu-se e postou-se diante dele, fitando-lhe, e era tão idêntica quanto ele mesmo.

Deu um passo para trás e pôs a faca dentro do cinto, e um sentimento de temor caiu sobre ele. "Vai-te embora", murmurou, "e nunca mais deixe-me ver tua face."

"Nay, but we must meet again", said the Soul. Its voice was low and flute-like, and its lips hardly moved while it spake.

"How shall we meet?", cried the young Fisherman. "Thou wilt not follow me into the depths of the sea?"

"Once every year I will come to this place, and call to thee", said the Soul. "It may be that thou wilt have need of me."

"What need should I have of thee?", cried the young Fisherman, "but be it as thou wilt", and he plunged into the waters and the Tritons blew their horns and the little Mermaid rose up to meet him, and put her arms around his neck and kissed him on the mouth.

And the Soul stood on the lonely beach and watched them. And when they had sunk down into the sea, it went weeping away over the marshes.

"Não, devemos encontrar-nos novamente", disse a Alma. A sua voz era baixa como uma flauta e os seus lábios quase não se moviam enquanto ela falava.

"Como encontrar-nos-emos?", exclamou o jovem Pescador. "Se tu não me seguirás para dentro das profundezas do oceano?"

"Uma vez a cada ano, eu virei a este lugar e chamarei por ti", disse a Alma. "Pode ser que tu venhas a ter necessidade de mim."

"Por que deveria precisar de ti?", clamou o jovem Pescador, "mas que seja como tu desejas", e ele mergulhou para dentro das águas e os Tritões sopraram as suas trompas e a pequena Sereia ergueu-se para recebê-lo e, ao envolver o pescoço dele com os seus braços, beijou-o em seus lábios.

E a Alma permaneceu na praia solitária observando-os. E quando eles submergiram no fundo do mar, ela seguiu pelos pântanos a lamentar-se.

And after a year was over the Soul came down to the shore of the sea and called to the young Fisherman, and he rose out of the deep, and said, "Why dost thou call to me?"

And the Soul answered, "Come nearer, that I may speak with thee, for I have seen marvellous things."

So he came nearer, and couched in the shallow water, and leaned his head upon his hand and listened.

And the Soul said to him, "When I left thee I turned my face to the East and journeyed. From the East cometh everything that is wise. Six days I journeyed, and on the morning of the seventh day I came to a hill that is in the country of the Tartars. I sat down under the shade of a tamarisk tree to shelter myself from the sun. The land was dry and burnt up with the heat. The people went to and fro over the plain like

E depois que um ano terminou, a Alma desceu até a enseada e chamou pelo jovem Pescador e ele ergueu-se das profundezas e disse, "Por que tu chamaste-me?"

E a Alma respondeu, "Achega-te para que eu possa falar-te, pois tenho visto coisas maravilhosas."

Então ele chegou mais perto e reclinando sobre a água rasa, apoiou a sua cabeça nas mãos e escutou.

E a Alma disse para ele, "Ao deixar-te, voltei o meu rosto para o Oriente e segui viagem. Do Oriente vem tudo o quanto é sábio. Por seis dias viajei, e na manhã do sétimo dia cheguei a uma colina que fica no país dos Tártaros. Sentei-me à sombra de uma tamargueira para abrigar-me do sol. A terra estava seca e queimava com o calor. Na planície, as pessoas iam de um lado para outro como se fossem moscas rastejando sobre

flies crawling upon a disk of polished copper.

"When it was noon a cloud of red dust rose up from the flat rim of the land. When the Tartars saw it, they strung their painted bows, and having leapt upon their little horses they galloped to meet it. The women fled screaming to the waggons, and hid themselves behind the felt curtains.

"At twilight the Tartars returned, but five of them were missing, and of those that came back not a few had been wounded. They

um disco de cobre polido.

"Ao meio-dia, uma nuvem de poeira vermelha ergueu-se da borda plana da terra. Quando os tártaros viram isso, enfileiraram os seus arcos pintados, e a saltar sobre os seus pequenos cavalos, galoparam ao encontro dela. As mulheres fugiram a gritar para as carroças, a esconder-se atrás das cortinas de feltro.

"No crepúsculo os Tártaros retornaram, mas cinco deles estavam faltando e daqueles que voltaram não eram poucos o que não

harnessed their horses to the waggons and drove hastily away. Three jackals came out of a cave and peered after them. Then they sniffed up the air with their nostrils, and trotted off in the opposite direction.

"When the moon rose I saw a camp-fire burning on the plain, and went towards it. A company of merchants were seated round it on carpets. Their camels were picketed behind them, and the negroes who were their servants were pitching tents of tanned skin upon the sand, and making a high wall of the prickly pear.

"As I came near them, the chief of the merchants rose up and drew his sword, and asked me my business.

"I answered that I was a Prince in my own land, and that I had escaped from the Tartars, who had sought to make me their slave. The chief smiled, and showed me five heads fixed upon long reeds of bamboo.

"Then he asked me who was the prophet of God, and I answered him Mohammed[1].

'When he heard the name of the false prophet, he bowed and took me by the hand, and placed me by his side. A negro brought me some mare's milk in

---

1   Abū al-Qāsim Muhammad ibn Abd Allāh ibn Abd al-Muttalib ibn Hāshim, as known as Muhammad, or Mohammed, an Arab religious and political leader and, according to the Islamic religion, the latest and last prophet of the God of Abraham.

estavam feridos. Eles arrearam os cavalos às carroças e partiram rapidamente. Três chacais saíram de uma caverna e sondaram-nos. Então eles farejaram o ar com as suas narinas e trotaram na direção oposta.

"Quando a lua ergueu-se, vi uma fogueira de um acampamento ardendo na planície e segui na sua direção. Um grupo de mercadores estava sentado ao redor dos seus tapetes. Os seus camelos estavam guardados atrás deles e os negros, que eram os seus servos, estavam armando tendas de pele curtida sobre a areia e erguendo um muro alto de opúncia espinhosa.

"Tão logo aproximei-me deles, o chefe dos mercadores levantou-se e puxou da sua espada e perguntou-me sobre a minha ocupação.

"Eu respondi que eu era um príncipe em minha terra e que tinha escapado dos Tártaros que tinham tentado fazer-me um escravo deles. O chefe sorriu e mostrou-me cinco cabeças fixadas sobre longas varas de bambu.

"Então ele perguntou-me quem era o profeta de Deus e eu respondi-lhe que era Mohammed[1].

"Ao ouvir o nome do seu profeta, ele curvou-se e tomou-me pela mão e colocou-me ao seu lado. Um negro trouxe-me um pouco de leite de égua num prato

---

1 Abū al-Qāsim Muhammad ibn Abd Allāh ibn Abd al-Muttalib ibn Hāshim, mais conhecido como Maomé, líder religioso e político árabe e, segundo a religião islâmica, o mais recente e último profeta do Deus de Abraão.

a wooden dish, and a piece of lamb's flesh roasted.

"At daybreak we started on our journey. I rode on a red-haired camel by the side of the chief, and a runner ran before us carrying a spear. The men of war were on either hand, and the mules followed with the merchandise. There were forty camels in the caravan, and the mules were twice forty in number.

"We went from the country of the Tartars into the country of those who curse the Moon. We saw the Gryphons guarding their gold on the white rocks, and the scaled Dragons sleeping in their caves. As we passed over the mountains we held our breath lest the snows might fall on us, and each man tied a veil of gauze before his eyes. As we passed through the valleys the Pygmies shot arrows at us from the hollows of the trees, and at night-time we heard the wild men beating on their drums. When we came to the Tower of Apes we set fruits before them, and they did not harm us. When we came to the Tower of Serpents we gave them warm milk in howls of brass, and they let us go by. Three times in our journey we came to the banks of the Oxus[2]. We crossed it on rafts of wood with great bladders of blown hide. The river-horses raged against us and sought to slay us. When the camels saw them they trembled.

2 Amu Darya or Amudarya is the most extensive river in Central Asia, formed by the junction of the Vakhsh and Panj rivers. In Classical Antiquity, the river was known in Greek as Oxus (sometimes also referred to as Oxo) and in Arabic as Jayhoun or Gihon.

de madeira e um pedaço de carne de carneiro assada."

"Ao amanhecer começamos a nossa jornada. Montei num camelo de pelos vermelhos ao lado do chefe, e um corredor seguiu à nossa frente a carregar uma lança. Os guerreiros iam dos dois lados e as mulas seguiam com as mercadorias. Havia quarenta camelos na caravana e as mulas contavam o dobro disso.

"Saímos da terra dos Tártaros para a terra dos que amaldiçoam a Lua. Vimos os Grifos guardando o seu ouro sobre rochedos brancos e Dragões escamosos a dormir nas cavernas. Enquanto passávamos por sobre as montanhas, seguramos a nossa respiração para que a neve não caísse sobre nós e cada homem amarrou um véu de gaze à frente dos olhos. Ao passarmos através dos vales, os Pigmeus atiraram setas dos buracos das árvores e à noite ouvimos selvagens batendo nos seus tambores. Ao chegarmos à Torre dos Macacos, pusemos frutas em frente deles e eles não nos feriram. Ao chegarmos à Torre das Serpentes, demos a elas leite morno em tigelas de bronze e nos deixaram passar. Por três vezes em nossa viagem fomos à margem do Oxo[2]. Cruzamo-lo em jangadas de madeira que tinham por baixo grandes bexigas cheias de ar. Os hipopótamos enfureceram-se conosco e tentaram nos matar. Os camelos tremeram quando eles os viram.

2   O Amu Dária ou Amudária é o rio mais extenso da Ásia Central, formado pela junção dos rios Vakhsh e Panj. Na Antiguidade Clássica, o rio era conhecido em grego como Oxus (por vezes também aportuguesado como Oxo) e em árabe como Jayhun ou Gihun.

"The kings of each city levied tolls on us, but would not suffer us to enter their gates. They threw us bread over the walls, little maize-cakes baked in honey and cakes of fine flour filled with dates. For every hundred baskets we gave them a bead of amber.

"When the dwellers in the villages saw us coming, they poisoned the wells and fled to the hill-summits. We fought with the Magadae[3] who are born old, and grow younger and younger every year, and die when they are little children; and with the Laktroi who say that they are the sons of tigers, and paint themselves yellow and black; and with the Aurantes who bury their dead on the tops of trees, and themselves live in dark caverns lest the Sun, who is their god, should slay them; and with the Krimnians who worship a crocodile, and give it earrings of green glass, and feed it with butter and fresh fowls; and with the Agazonbae, who are dog-faced; and with the Sibans[4], who have horses' feet, and run more swiftly than horses. A third of our company died in battle, and a third died of want. The rest murmured against me, and said that I had brought them an evil fortune. I took a horned adder from beneath a stone and let it sting me. When they saw that I did not sicken, they grew afraid.

3   Inhabitants of the ancient Indian kingdom of Magadha that corresponds to the territory of the modern districts of Patna, Gaya and southern Bihar, and to parts of Bengal in the East.
4   Laktroi, Aurantes, Krimnians, Agazombae and Sibans are fictitious peoples created by the author.

"Os reis de cada cidade cobravam-nos pedágio, mas não permitiam que entrássemos. Atiravam-nos pães pelos muros, bolinhos de trigo cozido com mel e bolos de farinha refinada recheados com tâmaras. Para cada cem cestos, dávamo-lhes uma conta de âmbar.

"Quando os moradores das vilas viram-nos chegar, envenenaram os poços e fugiram para o topo das colinas. Lutamos com os Magadenses[3], que já nasciam velhos, e rejuvenesciam mais e mais todos os anos, e morriam quando tornavam-se criancinhas; e com os Lactros que diziam-se filhos dos tigres e pintam-se de amarelo e de preto; e com os Aurantes que enterram os seus mortos no topo das árvores e vivem em cavernas escuras para que o Sol, que é o seu deus, não os mate; e com os Krimnianos que adoram um crocodilo, dão a ele brincos de cristal verde e alimentam-no com manteiga e aves frescas; e com os Agazombanos que têm cara de cão; com os Sibanos[4] que têm pés de cavalo e correm mais depressa que cavalos. Um terço de nosso grupo morreu em combate e um outro terço pereceu devido às privações. O restante cochichava contra mim, dizendo que eu trouxera má-sorte. De baixo de uma pedra, peguei uma víbora com chifres e deixei que picasse-me. Quando viram que eu não passava mal, eles amedrontaram-se.

---

3   Habitantes do antigo reino indiano de Mágada que corresponde ao território dos modernos distritos de Patna, Gaya e Bihar meridional, e a partes de Bengala no Este.

4   Lactros, aurantes, krimnianos, agazombanos e sibanos são povos fictícios criados pelo autor.

"In the fourth month we reached the city of Illel. It was night-time when we came to the grove that is outside the walls, and the air was sultry, for the Moon was travelling in Scorpion. We took the ripe pomegranates from the trees, and brake them, and drank their sweet juices. Then we lay down on our carpets, and waited for the dawn.

"And at dawn we rose and knocked at the gate of the city. It was wrought out of red bronze, and carved with sea-dragons and dragons that have wings. The guards looked down from the battlements and asked us our business. The interpreter of the caravan answered that we had come from the island of Syria with much merchandise. They took hostages, and told us that they would open the gate to us at noon, and bade us tarry till then.

'When it was noon they opened the gate, and as we entered in the people came crowding out of the houses to look at us, and a crier went round the city crying through a shell. We stood in the market-place, and the negroes uncorded the bales of figured cloths and opened the carved chests of sycamore. And when they had ended their task, the merchants set forth their strange wares, the waxed linen from Egypt and the painted linen from the country of the Ethiops, the

"No quarto mês alcançámos a cidade de Illel. Era noite quando chegamos ao arvoredo que fica fora dos muros. O ar estava abafado, pois a Lua estava transitando por Escorpião. Colhemos as romãs maduras das árvores, quebramo-nas e bebemos do seu doce suco. Então deitámos em nossos tapetes e esperamos pelo amanhecer.

"Ao raiar do dia levantamo-nos e batemos no portão da cidade, que era forjado com bronze vermelho e entalhado com dragões do mar e dragões alados. As sentinelas olharam para baixo de dentro das ameias, perguntando qual era o assunto. O intérprete da caravana respondeu que havíamos vindo da ilha de Síria com muitas mercadorias. Tomaram alguns de nós como reféns e disseram-nos que abririam o portão ao meio-dia, e permitiram que esperássemos até lá.

"Quando soou o meio-dia abriram o portão e assim que entramos as pessoas saíram das casas aos montes para ver-nos enquanto um pregoeiro circulava a cidade a berrar através duma concha. Permanecemos na praça do mercado e os negros desamarraram os fardos de roupas desenhadas e abriram os baús de plátano entalhados. Quando terminaram a tarefa, os mercadores exibiram os estranhos produtos: linho encerado do Egito e linho tingido do país dos Etíopes,

purple sponges from Tyre and the blue hangings from Sidon, the cups of cold amber and the fine vessels of glass and the curious vessels of burnt clay. From the roof of a house a company of women watched us. One of them wore a mask of gilded leather.

"And on the first day the priests came and bartered with us, and on the second day came the nobles, and on the third day came the craftsmen and the slaves. And this is their custom with all merchants as long as they tarry in the city.

"And we tarried for a moon, and when the moon was waning, I wearied and wandered away through the streets of the city and came to the garden of its god. The priests in their yellow robes moved silently through the green trees, and on a pavement of black marble stood the rose-red house in which the god had his dwelling. Its doors were of powdered lacquer, and bulls and peacocks were wrought on them in raised and polished gold. The tilted roof was of sea-green porcelain, and the jutting eaves were festooned with little bells. When the white doves flew past, they struck the bells with their wings and made them tinkle.

"In front of the temple was a pool of clear water paved with veined onyx. I lay down beside it, and

esponjas púrpura de Tiro e tapeçarias azuis de Sídon, cálices de âmbar frio e finos vasos de cristal e curiosos vasos de cerâmica queimada. Do telhado de uma casa um grupo de mulheres observava-nos. Uma delas usava uma máscara de couro dourado.

"E no primeiro dia vieram os sacerdotes para negociar conosco, no segundo dia vieram os nobres e no terceiro dia, os artesãos e os escravos. E esse é o costume para com todos os comerciantes durante o tempo em que permanecerem na cidade.

"E permanecemos lá por uma lua e quando a lua ficou minguante, cansei-me e vaguei pelas ruas da cidade até chegar ao jardim do deus deles. Os sacerdotes em túnicas amarelas moviam-se silenciosamente por entre as árvores verdes e sobre uma calçada de mármore negro ficava a casa vermelho-rosado em que o deus fazia a sua morada. As portas eram revestidas de verniz e touros e pavões de ouro polido estavam esculpidos em relevo. O teto inclinado era de porcelana verde-mar e as bordas ressaltadas traziam grinaldas com sinos pequeninos. Quando as pombas brancas passavam voando, tocavam os sinos com as suas asas fazendo-os tilintar.

"À frente do templo havia uma piscina de águas claras pavimentada com ônix raiado. Deitei-me ao

with my pale fingers I touched the broad leaves. One of the priests came towards me and stood behind me. He had sandals on his feet, one of soft serpent-skin and the other of birds' plumage. On his head was a mitre of black felt decorated with silver crescents. Seven yellows crescents were woven into his robe, and his frizzed hair was stained with antimony.

"After a little while he spake to me, and asked me my desire.

'I told him that my desire was to see the god.

"'The god is hunting', said the priest, looking strangely at me with his small slanting eyes.

"'Tell me in what forest, and I will ride with him', I answered.

"He combed out the soft fringes of his tunic with his long pointed nails. 'The god is asleep', he murmured.

"'Tell me on what couch, and I will watch by him', I answered.

"'The god is at the feast', he cried.

"'If the wine be sweet I will drink it with him, and if it be bitter I will drink it with him also', was my answer.

lado e com meus dedos pálidos toquei as folhas largas. Um dos sacerdotes veio até mim e ficou ao meu lado. Trazia sandálias aos pés, uma de pele de cobra macia e outra de plumas de pássaros. Na cabeça usava uma mitra de feltro negro decorada com luas crescentes prateadas. Sete crescentes amarelos estavam bordados na túnica e o cabelo crespo era tingido com antimônio.

"Depois de um certo tempo ele falou comigo, e perguntou-me qual era o meu desejo.

"Disse-lhe que o meu desejo era o de ver deus.

"'O deus está a caçar', disse o sacerdote, a olhar estranhamente para mim com pequenos olhos oblíquos.

"'Diga-me em qual floresta e cavalgarei com ele', respondi eu.

"Ele alisou as franjas macias da sua túnica com as unhas compridas e pontiagudas. 'O deus está adormecido', murmurou ele.

"'Diga-me em qual divã e velarei por ele', eu respondi.

"'O deus está em um festim', ele exclamou.

"'Se o vinho for doce, beberei com ele, e se o vinho for amargo, beberei com ele ainda assim', foi minha resposta.

"He bowed his head in wonder, and, taking me by the hand, he raised me up, and led me into the temple.

"And in the first chamber I saw an idol seated on a throne of jasper bordered with great orient pearls. It was carved out of ebony, and in stature was of the stature of a man. On its forehead was a ruby, and thick oil dripped from its hair on to its thighs. Its feet were red with the blood of a newly-slain kid, and its loins girt with a copper belt that was studded with seven beryls.

"And I said to the priest, 'Is this the god?', and he answered me, 'This is the god'.

"'Show me the god', I cried, 'or I will surely slay thee'. And I touched his hand, and it became withered.

"And the priest besought me, saying, 'Let my lord heal his servant, and I will show him the god'.

"So I breathed with my breath upon his hand, and it became whole again, and he trembled and led me into the second chamber, and I saw an idol standing on a lotus of jade hung with great emeralds. It was carved out of ivory, and in stature was twice the stature of a man. On its forehead was a chrysolite, and its breasts were smeared with myrrh and cinnamon. In one hand it held a crooked sceptre of

"Ele inclinou a cabeça, surpreso, e, ao tomar-me pela mão, levantou-me e conduziu-me até o templo.

"Na primeira câmara vi um ídolo sentado num trono de jásper orlado com grandes pedras orientais. Era entalhado com ébano e tinha a altura de um homem. Em sua testa havia um rubi e um óleo denso gotejava de seu cabelo até as coxas. Os seus pés estavam vermelhos com o sangue de um cabrito recém-sacrificado e preso em seus quadris havia um cinturão de cobre enfeitado com sete berílios.

"Então eu disse ao sacerdote, 'É este o deus?', e ele respondeu-me, 'Este é o deus'.

"'Mostre-me o deus', exclamei, 'ou certamente matar-te-ei'. E toquei-lhe a mão e ela tornou-se seca.

"O sacerdote implorou-me, dizendo, 'Possa o meu senhor curar este teu servo e mostrar-lhe-ei o deus'.

"Então soprei sobre a sua mão com o meu hálito e ela tornou-se sadia novamente. Ele estremeceu e levou-me à segunda câmara, e vi um ídolo em pé sobre uma lótus de jade de onde pendiam grandes esmeraldas. Era esculpido em marfim e a sua estatura media o dobro da de um homem. Em sua testa havia um crisólito e seu peito estava untado com mirra e canela. Numa das mãos segurava um cetro curvo de

jade, and in the other a round crystal. It ware buskins of brass, and its thick neck was circled with a circle of selenites.

"And I said to the priest, 'Is this the god?'

"And he answered me, 'This is the god.'

"'Show me the god', I cried, 'or I will surely slay thee.' And I touched his eyes, and they became blind.

"And the priest besought me, saying, 'Let my lord heal his servant, and I will show him the god.'

"So I breathed with my breath upon his eyes, and the sight came back to them, and he trembled again, and led me into the third chamber, and lo! there was no idol in it, nor image of any kind, but only a mirror of round metal set on an altar of stone.

"And I said to the priest, "Where is the god?"

"And he answered me, 'There is no god but this mirror that thou seest, for this is the Mirror of Wis-

dom. And it reflecteth all things that are in Heaven and on Earth, save only the face of him who looketh into it. This it reflecteth not, so that he who looketh into it may be wise. Many other mirrors are there, but they are mirrors of Opinion. This only is the Mirror of Wis-

jade e na outra, um cristal esférico. Vestia borzeguins de bronze e o pescoço robusto estava envolto com um círculo de selenitas.

"E eu disse ao sacerdote, 'É este o deus?'"

"E ele respondeu-me, 'Este é o deus.'"

"'Mostre-me o deus', exclamei, 'ou certamente matar-te-ei'. E toquei-lhe os olhos e tornaram-se cegos.

"O sacerdote implorou-me, dizendo, 'Possa o meu senhor curar este teu servo e mostrar-lhe-ei o deus.'

"Então soprei sobre os seus olhos com o meu hálito e a visão tornou a eles. Estremeceu novamente e levou-me à terceira câmara, e, veja!, não havia nenhum ídolo ali, nem imagem de qualquer tipo, apenas um espelho redondo de metal posto num altar de pedra.

'Então eu disse ao sacerdote, 'Onde está o deus?'

"Ele respondeu-me, 'Não há nenhum deus exceto este espelho que vês, pois este é o Espelho da Sabedoria. Ele reflete todas as coisas que estão no Céu e na Terra, menos o rosto daqueles que miram-no. Isso ele não reflete, então quem mirar-se nele pode tornar-se sábio. Existem muitos outros espelhos, mas são espelhos da Opinião. Este é o único Espelho da Sabedoria. E

dom. And they who possess this mirror know everything, nor is there anything hidden from them. And they who possess it not have not Wisdom. Therefore is it the god, and we worship it.' And I looked into the mirror, and it was even as he had said to me.

"And I did a strange thing, but what I did matters not, for in a valley that is but a day's journey from this place have I hidden the Mirror of Wisdom. Do but suffer me to enter into thee again and be thy servant, and thou shalt be wiser than all the wise men, and Wisdom shall be thine. Suffer me to enter into thee, and none will be as wise as thou."

But the young Fisherman laughed. "Love is better than Wisdom", he cried, "and the little Mermaid loves me."

"Nay, but there is nothing better than Wisdom", said the Soul.

"Love is better", answered the young Fisherman, and he plunged into the deep, and the Soul went weeping away over the marshes.

aqueles que possuem este espelho conhecem a tudo, nem há nada que possa ser-lhes oculto. E aqueles que não o possuem não têm a Sabedoria. Portanto este é o deus, e nós cultuamo-no.' E eu olhei dentro do espelho e era mesmo como ele havia dito-me.

"Então eu fiz uma coisa estranha, mas o que fiz não importa, pois em um vale que encontra-se a um dia de viagem deste lugar, escondi o Espelho da Sabedoria. Apenas permite que eu entre em ti novamente e que eu seja o teu servo e serás mais sábio que todos os homens sábios, e a Sabedoria será tua. Permite que eu entre em ti e ninguém será tão sábio como tu."

Porém o jovem Pescador riu. "O Amor é melhor do que a Sabedoria", ele exclamou, "e a pequena Sereia ama-me."

"Não, não há nada melhor do que a Sabedoria", disse-lhe a Alma.

"O Amor é melhor", respondeu o jovem Pescador, e mergulhou para dentro das profundezas, e a Alma seguiu pelos pântanos, a lamentar-se.

And after the second year was over, the Soul came down to the shore of the sea, and called to the young Fisherman, and he rose out of the deep and said, "Why dost thou call to me?"

And the Soul answered, "Come nearer, that I may speak with thee, for I have seen marvellous things."

So he came nearer, and couched in the shallow water, and leaned his head upon his hand and listened.

And the Soul said to him, "When I left thee, I turned my face to the South and journeyed. From the South cometh everything that is precious. Six days I journeyed along the highways that lead to the city of Ashter, along the dusty red-dyed highways by which the pilgrims are wont to go did I journey, and on the morning of the seventh day I lifted up my eyes, and lo! the city lay at my feet, for it is in a valley.

"There are nine gates to this city, and in front of each gate stands a bronze horse that neighs when the Bedouins come down from the mountains. The walls are cased with copper, and the watch-towers on the walls are roofed with brass. In every tower stands an

E depois que o segundo ano terminou, a Alma desceu até a enseada e chamou pelo jovem Pescador, e ele ergueu-se das profundezas e disse, "Por que tu chamaste-me?"

E a Alma respondeu, "Achega-te para que eu possa falar-te, pois tenho visto coisas maravilhosas."

Então ele chegou mais perto, e ao reclinar-se sobre a água rasa, apoiou a cabeça nas suas mãos e escutou.

E então a Alma disse-lhe, "Quando deixei-te, voltei o meu rosto para o Sul e segui viagem. Do Sul vem tudo o que é precioso. Por seis dias viajei ao longo das estradas que conduzem à cidade de Ashter, por estradas tingidas de poeira vermelha pelas quais os peregrinos costumam ir eu viajei, e na manhã do sétimo dia ergui os meus olhos e, veja!, a cidade repousava sob os meus pés, pois situava-se em um vale.

"Há nove portões nessa cidade, e em frente a cada portão ergue-se um cavalo de bronze que relincha quando os Beduínos descem das montanhas. Os muros são revestidos com cobre e as torres de vigia dos muros possuem telhados de bronze. Em cada torre

archer with a bow in his hand. At sunrise he strikes with an arrow on a gong, and at sunset he blows through a horn of horn.

"When I sought to enter, the guards stopped me and asked of me who I was. I made answer that I was a Dervish[5] and on my way to the city of Mecca, where there was a green veil on which the Koran[6] was embroidered in silver letters by the hands of the angels. They were filled with wonder, and entreated me to pass in.

"Inside it is even as a bazaar. Surely thou shouldst have been with me. Across the narrow streets the gay lanterns of paper flutter like large butterflies. When the wind blows over the roofs they rise and fall as painted bubbles do. In front of their booths sit the merchants on silken carpets. They have straight black beards, and their turbans are covered with golden sequins, and long strings of amber and carved peach-stones glide through their cool fingers. Some of them sell galbanum and nard[7], and curious perfumes from the islands of the Indian Sea, and the thick oil of red roses, and myrrh and little nail-shaped cloves. When one stops to speak to them, they throw pinches of frankincense upon a charcoal brazier and make the air sweet. I saw a Syrian who held in his hands a thin

5   Member of an ascetic order of Islam.
6   Sacred book of the Muslims which serves as the foundation for the Islamic religion, Islamic sacred writings revealed by God to the prophet Muhammad.
7   Galbanum is an aromatic resin produced from Persian shrubs; nard is an aromatic balm derived from the valerian that grows in the Himalayan mountains.

postam-se arqueiros com arcos nas mãos. Ao amanhecer o arqueiro golpeia um gongo com uma flecha e no crepúsculo sopra através duma trompa de chifre.

"Quando tentei entrar, os guardas barraram-me e perguntaram quem eu era. Formulei uma resposta dizendo que eu era um Dervixe[5] a caminho da cidade de Meca, onde há um véu verde no qual o Corão[6] está bordado em letras prateadas pelas mãos dos anjos. Eles ficaram completamente surpresos e suplicaram-me para que eu entrasse.

"Dentro era igual a um bazar. Com certeza deverias ter estado comigo. Pelas ruas estreitas as alegres lanternas de papel flutuavam como imensas borboletas. Quando o vento soprava acima dos telhados, elas subiam e desciam como bolhas coloridas. Em frente às tendas sentam-se os mercadores em tapetes sedosos. Têm barbas longas e negras, os seus turbantes são cobertos com lantejoulas douradas, e longos fios de âmbar com pedras de pêssego lapidadas que deslizam por entre dedos frios. Alguns vendem gálbano e nardo[7], e perfumes curiosos das ilhas do Mar da Índia, e o espesso óleo de rosas vermelhas, mirra e pequenos cravos-da-índia como pregos. Quando alguém pára pa falar com eles, atiram pitadas de olíbano sobre um braseiro de carvão a tornar doce o ar. Vi um Sírio que segurava

5   Membro de uma ordem ascética do Islamismo.
6   Livro sagrado dos muçulmanos que serve como a fundação para a religião islâmica, escritos sagrados islâmicos revelados por Deus ao profeta Maomé.
7   Gálbano é uma resina aromática produzida a partir de arbustos da Pérsia; nardo é um bálsamo aromático derivado da valeriana que cresce nas montanhas do Himalaia.

rod like a reed. Grey threads of smoke came from it, and its odour as it burned was as the odour of the pink almond in spring. Others sell silver bracelets embossed all over with creamy blue turquoise stones, and anklets of brass wire fringed with little pearls, and tigers' claws set in gold, and the claws of that gilt cat, the leopard, set in gold also, and earrings of pierced emerald, and finger-rings of hollowed jade. From the tea-houses comes the sound of the guitar, and the opium-smokers with their white smiling faces look out at the passers-by.

"Of a truth thou shouldst have been with me. The wine-sellers elbow their way through the crowd with great black skins on their shoulders. Most of them sell the wine of Shiraz, which is as sweet as honey. They serve it in little metal cups and strew rose leaves upon it. In the market-place stand the fruitsellers, who sell all kinds of fruit: ripe figs, with their bruised purple flesh, melons, smelling of musk and yellow as topazes, citrons and rose-apples and clusters of white grapes, round red-gold oranges, and oval lemons of green gold. Once I saw an elephant go by. Its trunk was painted with vermilion and turmeric, and over its ears it had a net of crimson silk cord. It stopped opposite one of the booths and began eating the oranges, and the

nas mãos uma vara fina como um junco. Fios de fumo cinza saíam dela e o odor enquanto queimava exalava como flores de amêndoas na primavera. Outros vendiam braceletes de prata inteiramente incrustados com leitosas pedras de turquesa; tornozeleiras de fios de bronze orladas com pequenas pérolas; garras de tigre engastadas em ouro; garras daquele gato dourado, o leopardo, também engastadas em ouro; brincos de esmeraldas perfuradas e anéis de jade. Das casas de chá vinham sons de violões e os fumantes de ópio, com as faces brancas e sorridentes, observavam os peões.

"Realmente devias ter estado comigo. Os vendedores de vinho abrem caminho a cotoveladas por entre a multidão com grandes ódres negros aos ombros. A maioria deles vende vinho de Shiraz, tão doce quanto o mel. Servem-no em tacinhas de metal e espalham folhas de rosa em cima. Na praça do mercado ficam os vendedores de frutas que vendem de toda espécie: figos maduros com a carne roxa ferida, melões com aroma de almíscar e amarelos como topázios; cidra e jambo rosa; cachos de uvas brancas; laranjas redondas vermelho-ouro e limões ovalados ouro-verdes. Uma vez vi um elefante passar. A tromba estava pintada com vermelhão e açafrão e sobre as orelhas trazia uma rede de seda carmesim trançada. Parou na frente de uma das

man only laughed. Thou canst not think how strange a people they are. When they are glad they go to the bird-sellers and buy of them a caged bird, and set it free that their joy may be greater, and when they are sad they scourge themselves with thorns that their sorrow may not grow less.

"One evening I met some negroes carrying a heavy palanquin through the bazaar. It was made of gilded bamboo, and the poles were of vermilion lacquer studded with brass peacocks. Across the windows hung thin curtains of muslin embroidered with bee-tles' wings and with tiny seed-pearls, and as it passed by a pale-faced Circassian looked out and smiled at me. I followed behind, and the negroes hurried their steps and scowled. But I did not care. I felt a great curiosity come over me.

"At last they stopped at a square white house. There were no windows to it, only a little door like the door of a tomb. They set down the palanquin and knocked three times with a copper hammer. An Armenian in a caftan of green leather peered through the wicket, and when he saw them he opened, and spread a carpet on the ground, and the woman stepped out. As she went in, she turned round and smiled at me again. I had never seen any one so pale.

tendas e começou a comer laranjas e o homem apenas riu. Não podes imaginar o quão estranho é esse povo! Quando estão alegres, vão ao passarinheiro, compram-lhe um pássaro engaiolado e soltam-no para que a alegria seja ainda maior, e quando estão tristes, açoitam-se com espinhos para que a tristeza não diminua.

"Numa tarde encontrei alguns negros a carregar um pesado palanquim por entre o bazar. Era feito de bambu dourado e as varas eram de laca vermelha, enfeitadas com pavões de bronze. Sobre as janelas pendiam finas cortinas de musselina bordada com asas de besouros e semeadas com pequeninas pérolas; ao passar, uma pálida face circassiana olhou para fora e sorriu para mim. Segui atrás e os negros apressaram o passo, a olhar zangados. Mas não me importei. Senti uma grande curiosidade que abateu-se sobre mim.

"Por fim eles pararam em uma casa branca retangular. Não havia janelas nela, apenas uma pequena porta, como a porta de um sepulcro. Baixaram o palanquim e bateram três vezes com um martelo de cobre. Um Armênio em um cafetã de couro verde espiou através da portinhola; e quando ele viu-os abriu a porta, estendeu um tapete no chão, e a mulher caminhou por ele. Ao entrar, ela virou-se e sorriu para mim novamente. Nunca tinha visto ninguém tão pálido.

"When the moon rose I returned to the same place and sought for the house, but it was no longer there. When I saw that, I knew who the woman was, and wherefore she had smiled at me.

"Certainly thou shouldst have been with me. On the feast of the New Moon the young Emperor came forth from his palace and went into the mosque to pray. His hair and beard were dyed with rose-leaves, and his cheeks were powdered with a fine gold dust. The palms of his feet and hands were yellow with saffron.

"At sunrise he went forth from his palace in a robe of silver, and at sunset he returned to it again in a robe of gold. The people flung themselves on the ground and hid their faces, but I would not do so. I stood by the stall of a seller of dates and waited. When the Emperor saw me, he raised his painted eyebrows and stopped. I stood quite still, and made him no obeisance. The people marvelled at my boldness, and counselled me to flee from the city. I paid no heed to them, but went and sat with the sellers of strange gods, who by reason of their craft are abominated. When I told them what I had done, each of them gave me a god and prayed me to leave them.

"Quando a lua ergueu-se, retornei ao mesmo lugar e procurei pela casa, mas ela já não estava mais lá. Quando vi aquilo, soube quem era a mulher e o motivo pelo qual ela tinha sorrido para mim.

"Certamente deverias ter estado comigo. Na festa da Lua Nova o jovem Imperador saiu de dentro do seu palácio e foi até a mesquita para rezar. O seu cabelo e a sua barba estavam tingidos com pétalas de rosas e as bochechas estavam polvilhadas com pó de ouro fino. As plantas dos pés e as palmas das mãos estavam coloridas de amarelo com açafrão.

"Ao amanhecer ele saiu do seu palácio numa túnica de prata, e ao anoitecer, retornou numa túnica de ouro. As pessoas atiraram-se ao chão escondendo o rosto, mas não agi assim. Permaneci em pé ao lado da tenda de um vendedor de tâmaras e esperei. Quando o Imperador viu-me, ergueu as suas sobrancelhas pintadas e parou. Mantive-me imóvel e não lhe fiz nenhuma reverência. As pessoas espantaram-se com a minha ousadia e aconselharam-me a abandonar a cidade; mas não dei atenção para elas, em vez disso, fui sentar-me com os vendedores de deuses estranhos, que por causa do seu ofício são abominados. Quando disse-lhes o que eu havia feito, cada um ofertou-me um deus e rogou que eu os deixasse.

"That night, as I lay on a cushion in the tea-house that is in the Street of Pomegranates, the guards of the Emperor entered and led me to the palace. As I went in they closed each door behind me, and put a chain across it. Inside was a great court with an arcade running all round. The walls were of white alabaster, set here and there with blue and green tiles. The pillars were of green marble, and the pavement of a kind of peach-blossom marble. I had never seen anything like it before.

"As I passed across the court two veiled women looked down from a balcony and cursed me. The guards hastened on, and the butts of the lances rang upon the polished floor. They opened a gate of wrought ivory, and I found myself in a watered garden of seven terraces. It was planted with tulip-cups and moonflowers, and silver-studded aloes. Like a slim reed of crystal a fountain hung in the dusky air. The cypress-trees were like burnt-out torches. From one of them a nightingale was singing.

"At the end of the garden stood a little pavilion. As we approached it two eunuchs came out to meet us. Their fat bodies swayed as they walked, and they glanced curiously at me with their yellow-lidded eyes. One of them drew aside the captain of the

"Naquela noite, assim que deitei-me numa almofada na casa de chá da Rua das Romãs, os guardas do Imperador entraram e levaram-me ao palácio. Ao entrar, fecharam cada portas atrás de mim, cruzando--as com correntes. Dentro havia um grande pátio com uma arcada que estendia-se ao redor. As paredes eram de alabastro branco adornadas aqui e ali com azulejos azuis e verdes. As colunas eram de mármore verde e o piso de uma espécie de mármore cor de pêssegos em flor. Nunca vira nada como aquilo antes.

"Ao passar pelo pátio, duas mulheres com véus numa sacada olharam para baixo e amaldiçoaram--me. Os guardas apressaram-se e os cabos das lanças ressoavam no chão polido. Abriram um portão feito de marfim e encontrei-me num jardim irrigado por sete terraços. Estava cultivado com tulipas em taça, margaridas-dos-campos e aloés enfeitados de prata. Como uma vara delgada de cristal, uma fonte erguia--se no crepúsculo. As árvores de ciprestes eram como tochas apagadas. Numa delas, cantava um rouxinol.

"No fim do jardim erguia-se uma tendinha. Ao aproximarmo-nos, dois eunucos saíram para encontrar-nos. Os seus corpos obesos balançavam ao andar e olharam para mim rapidamente, curiosos, com os seus olhos de pálpebras amarelas. Um deles puxou de lado

guard, and in a low voice whispered to him. The other kept munching scented pastilles, which he took with an affected gesture out of an oval box of lilac enamel.

"After a few moments the captain of the guard dismissed the soldiers. They went back to the palace, the eunuchs following slowly behind and plucking the sweet mulberries from the trees as they passed. Once the elder of the two turned round, and smiled at me with an evil smile.

"Then the captain of the guard motioned me towards the entrance of the pavilion. I walked on without trembling, and drawing the heavy curtain aside I entered in.

"The young Emperor was stretched on a couch of dyed lion skins, and a gerfalcon perched upon his wrist. Behind him stood a brass-turbaned Nubian, naked down to the waist, and with heavy earrings in his split ears. On a table by the side of the couch lay a mighty scimitar of steel.

"When the Emperor saw me he frowned, and said to me, 'What is thy name? Knowest thou not that I am Emperor of this city?' But I made him no answer.

"He pointed with his finger at the scimitar, and the Nubian seized it, and rushing forward struck at me

o capitão da guarda e sussurrou-lhe em voz baixa. O outro continuou a mascar pastilhas perfumadas, tiradas de maneira afetada duma caixa oval de esmalte lilás.

"Depois de alguns minutos, o capitão da guarda dispensou os soldados. Eles voltaram ao palácio, seguidos pelos eunucos, que caminhavam atrás lentamente, apanhando das árvores amoras doces enquanto passavam. O mais velho deles virou-se uma vez e sorriu para mim de um jeito maligno.

"Então o capitão da guarda fez-me um sinal para que eu entrasse na tenda. Caminhei adiante sem estremecer e, ao afastar a pesada cortina para o lado, eu entrei.

"O jovem Imperador estava estendido sobre um divã de pele pintada de leão, com um gerifalte pousado em seu pulso. Atrás dele erguia-se um Núbio de turbante de bronze, despido até a cintura, com brincos pesados nas orelhas perfuradas. Numa mesa ao lado do divã repousava uma potente cimitarra de aço.

"Quando o Imperador viu-me, franziu os cenhos, e disse-me, 'Qual é o teu nome? Não sabes que sou o Imperador desta cidade?' Mas eu não lhe respondi.

"Apontou a cimitarra com o dedo e o Núbio agarrou-a e, avançando, golpeou-me com grande

with great violence. The blade whizzed through me, and did me no hurt. The man fell sprawling on the floor, and when he rose up his teeth chattered with terror and he hid himself behind the couch.

"The Emperor leapt to his feet, and taking a lance from a stand of arms, he threw it at me. I caught it in its flight, and brake the shaft into two pieces. He shot at me with an arrow, but I held up my hands and it stopped in mid-air. Then he drew a dagger from a belt of white leather, and stabbed the Nubian in the throat lest the slave should tell of his dishonour. The man writhed like a trampled snake, and a red foam bubbled from his lips.

"As soon as he was dead the Emperor turned to me, and when he had wiped away the bright sweat from his brow with a little napkin of purfled and purple silk, he said to me, 'Art thou a prophet, that I may not harm thee, or the son of a prophet, that I can do thee no hurt? I pray thee leave my city tonight, for while thou art in it I am no longer its lord'.

"And I answered him, 'I will go for half of thy treasure. Give me half of thy treasure, and I will go away'.

"He took me by the hand, and led me out into the garden. When the captain of the guard saw me, he

violência. A lâmina zumbiu através de mim, mas não chegou a ferir-me. O homem caiu estatelado sobre o chão e quando ergueu-se, os seus dentes batiam com horror e ele escondeu-se atrás do divã.

"O Imperador pôs-se de pé, pegou uma lança da estante de armas e atirou-a contra mim. Eu peguei-a ainda no ar e quebrei a haste em duas partes. Atirou em mim uma flecha, mas ergui os braços e a parei em pleno ar. Então desembainhou a adaga de um cinto de couro branco e apunhalou o Núbio na garganta para que o escravo não revelasse a sua desonra. O homem contorceu-se como uma serpente pisada e uma espuma vermelha borbulhou dos seus lábios.

"Tão logo morreu, o Imperador voltou-se para mim e após limpar o suor brilhante da testa com um guardanapinho de seda púrpura enfeitado, disse-me, 'És um profeta para que eu não possa fazer-te mal ou o filho dum profeta a quem não posso ferir? Rogo-te que deixes a cidade esta noite, pois enquanto estiveres aqui não serei o senhor dela por muito tempo'.

"E respondi-lhe, 'Partirei apenas se deres-me metade do teu tesouro. Dá-me a metade do teu tesouro e irei embora'.

"Ele tomou-me pela mão e conduziu-me para fora, para o jardim. Ao ver-me, o capitão da guarda

wondered. When the eunuchs saw me, their knees shook and they fell upon the ground in fear.

"There is a chamber in the palace that has eight walls of red porphyry, and a brass-sealed ceiling hung with lamps. The Emperor touched one of the walls and it opened, and we passed down a corridor that was lit with many torches. In niches upon each side stood great wine-jars filled to the brim with silver pieces. When we reached the centre of the corridor the Emperor spake the word that may not be spoken, and a granite door swung back on a secret spring, and he put his hands before his face lest his eyes should be dazzled.

"Thou couldst not believe how marvellous a place it was. There were huge tortoise-shells full of pearls, and hollowed moonstones of great size piled up with red rubies. The gold was stored in coffers of elephant-hide, and the gold-dust in leather bottles. There were opals and sapphires, the former in cups of crystal, and the latter in cups of jade. Round green emeralds were ranged in order upon thin plates of ivory, and in one corner were silk bags filled, some with turquoise-stones, and others with beryls. The ivory horns were heaped with purple amethysts, and the horns of brass with chalcedonies and sards. The

espantou-se. Quando os eunucos viram-me, os seus joelhos tremeram e caíram no chão, amedrontados.

"Existe uma câmara no palácio que tem oito paredes de porfírio vermelho e um teto forrado de cobre com lâmpadas pendentes. O Imperador tocou uma das paredes e ela abriu-se; então, atravessamos um corredor iluminado com muitos archotes. Em nichos laterais erguiam-se grandes jarras de vinho cheias até a borda com moedas de prata. Quando alcançamos o centro do corredor o Imperador falou a palavra que não pode ser dita e uma porta de granito girou para trás sobre molas ocultas e pôs as mãos à frente do rosto para que os seus olhos não ficassem ofuscados.

"Não podes crer o quão maravilhoso era aquele lugar! Havia gigantescos cascos de tartaruga repletos de pérolas e enormes selenitas lapidadas empilhadas junto a rubis vermelhos. O ouro estava armazenado em cofres de pele de elefante e o ouro em pó, em garrafas de couro. Havia opalas e safiras, as primeiras em taças de cristal e as últimas em taças de jade. Esmeraldas verdes e redondas estavam alinhadas ordenadamente sobre finas bandejas de marfim e em um dos cantos havia sacos de seda lotados, uns com pedras turquesa, outros com berílio. Presas de marfim estavam repletas de ametistas púrpura e presas de bronze, de calcadô-

pillars, which were of cedar, were hung with strings of yellow lynx-stones. In the flat oval shields there were carbuncles, both wine-coloured and coloured like grass. And yet I have told thee but a tithe of what was there.

"And when the Emperor had taken away his hands from before his face he said to me, 'This is my house of treasure, and half that is in it is thine, even as I promised to thee. And I will give thee camels and camel drivers, and they shall do thy bidding and take thy share of the treasure to whatever part of the world thou desirest to go. And the thing shall be done tonight, for I would not that the Sun, who is my father, should see that there is in my city a man whom I cannot slay'.

"But I answered him, 'The gold that is here is thine, and the silver also is thine, and thine are the precious jewels and the things of price. As for me, I have no need of these. Nor shall I take aught from thee but that little ring that thou wearest on the finger of thy hand'.

"And the Emperor frowned. 'It is but a ring of lead', he cried, 'nor has it any value. Therefore take thy half of the treasure and go from my city'.

neas e sardos. Nas colunas, feitas de cedro, estavam suspensas fileiras de pedras amarelas de lincúrios. Em escudos planos e ovais havia carbúnculos, uns cor-de-vinho e outros da cor da relva. E ainda não te contei sequer um décimo do que havia lá.

"E quando o Imperador tirou as mãos da frente do seu rosto, ele disse-me, 'Esta é a minha casa do tesouro, e metade do que está nela é teu, como eu prometi a ti. Dar-te-ei três camelos, e também os condutores de camelos e eles ficarão sob o teu comando e levarão a tua parte do tesouro para qualquer lugar do mundo que tu desejes ir. E isso será feito esta noite, pois eu não desejo que o Sol, que é o meu pai, veja que existe em minha cidade um homem a quem eu não posso matar'.

"Mas eu respondi-lhe, 'O ouro que está aqui é teu, e a prata também é tua, e tuas são as preciosas joias e as coisas de valor. Quanto a mim, eu não preciso de nada disso. Não tomarei absolutamente nada de ti a não ser esse pequeno anel que trazes no dedo de tua mão'.

"O Imperador franziu o cenho e disse, 'Mas é só um anel de chumbo, não tem valor nenhum. Portanto, pegue a tua metade do tesouro e saia da minha cidade'.

"'Nay', I answered, 'but I will take nought but that leaden ring, for I know what is written within it, and for what purpose'.

"And the Emperor trembled, and besought me and said, 'Take all the treasure and go from my city. The half that is mine shall be thine also'.

"And I did a strange thing, but what I did matters not, for in a cave that is but a day's journey from this place have, I hidden the Ring of Riches. It is but a day's journey from this place, and it waits for thy coming. He who has this Ring is richer than all the kings of the world. Come therefore and take it, and the world's riches shall be thine."

But the young Fisherman laughed. "Love is better than Riches", he cried, "and the little Mermaid loves me."

'Nay, but there is nothing better than Riches,' said the Soul.

"Love is better", answered the young Fisherman, and he plunged into the deep, and the Soul went weeping away over the marshes.

"'Não', respondi, 'não levarei nada além desse anel de chumbo, pois eu sei o que está escrito nele, e qual é o seu propósito'.

"E o Imperador estremeceu e implorou-me, e disse-me, 'Pegue todo o tesouro e saia da minha cidade. A metade que é minha será tua também'.

"E eu fiz uma coisa estranha, mas o que eu fiz não importa, pois em uma caverna a não mais que um dia de viagem daqui, escondi o Anel da Riqueza. Não fica a não mais de um dia de viagem deste lugar e espera pela tua chegada. Aquele que possuir esse anel será mais rico que todos os reis do mundo. Vem portanto e pega-o, e as riquezas do mundo serão tuas."

Mas o jovem Pescador riu. "O Amor é melhor que a Riqueza", ele exclamou, "e a pequena Sereia ama-me."

"Não, não há nada melhor que a Riqueza", disse-lhe a Alma.

"O Amor é melhor", respondeu o jovem Pescador, e mergulhou para dentro das profundezas e a Alma seguiu pelos pântanos, a lamentar-se.

And after the third year was over, the Soul came down to the shore of the sea, and called to the young Fisherman, and he rose out of the deep and said, "Why dost thou call to me?"

And the Soul answered, "Come nearer, that I may speak with thee, for I have seen marvellous things.'

So he came nearer, and couched in the shallow water, and leaned his head upon his hand and listened.

And the Soul said to him, "In a city that I know of there is an inn that standeth by a river. I sat there with sailors who drank of two different-coloured wines, and ate bread made of barley, and little salt fish served in bay leaves with vinegar. And as we sat and made merry there entered to us an old man bearing a leathern carpet and a lute that had two horns of amber. And when he had laid out the carpet on the floor, he struck with a quill on the wire strings of his lute, and a girl whose face was veiled ran in and began to dance before us. Her face was veiled with a veil of gauze, but her feet were naked. Naked were her feet, and they moved over the carpet like little white pigeons. Never have I seen anything so

E depois de passado o terceiro ano, a Alma desceu para a enseada e chamou pelo jovem Pescador, e ele ergueu-se das profundezas e disse, "Por que chamaste-me?"

E a Alma respondeu, "Achega-te para que eu possa falar-te, pois tenho visto coisas maravilhosas."

Então ele chegou mais perto, reclinou-se sobre a água rasa e apoiou a sua cabeça nas mãos e escutou.

E a Alma disse-lhe, "Em uma cidade que conheço há uma pousada que fica junto de um rio. Sentei-me lá com marinheiros que bebiam vinhos de duas cores diferentes, e comiam pão feito de cevada, e peixinhos salgados com vinagre em folhas de louro. E enquanto nós nos sentávamos e alegrávamos, um homem velho entrou carregando um tapete de couro e um alaúde que tinha dois chifres de âmbar. Após estender o tapete no chão, tangeu com uma pena as cordas de arame do alaúde; uma jovem com a face coberta por um véu correu para dentro e começou a dançar diante de nós. O seu rosto estava coberto por um véu de gaze, mas os seus pés estavam nus. Nus estavam os seus pés, e moviam-se sobre o tapete como pombinhas brancas.

marvellous; and the city in which she dances is but a day's journey from this place."

Now when the young Fisherman heard the words of his Soul, he remembered that the little Mermaid had no feet and could not dance. And a great desire came over him, and he said to himself, "It is but a day's journey, and I can return to my love", and he laughed, and stood up in the shallow water, and strode towards the shore.

And when he had reached the dry shore he laughed again, and held out his arms to his Soul. And his Soul gave a great cry of joy and ran to meet him, and entered into him, and the young Fisherman saw stretched before him upon the sand that shadow of the body that is the body of the Soul.

And his Soul said to him, "Let us not tarry, but get hence at once, for the Sea-gods are jealous, and have monsters that do their bidding."

So they made haste, and all that night they journeyed beneath the moon, and all the next day they journeyed beneath the sun, and on the evening of the day they came to a city.

And the young Fisherman said to his Soul, "Is this the city in which she dances of whom thou didst speak to me?"

Nunca vira nada tão magnífico e a cidade em que ela dança fica a apenas um dia de viagem deste lugar."

Dessa vez quando o jovem Pescador ouviu as palavras da sua Alma, lembrou-se de que a pequena Sereia não tinha pés e que não podia dançar. Um grande desejo o invadiu e ele disse para si mesmo, "Não fica além de um dia de viagem e poderei retornar para o meu amor", e riu e ergueu-se da água rasa, caminhando com passos largos em direção à costa.

E quando ele alcançou a areia seca, riu novamente, e estendeu os braços para a sua Alma. E a sua Alma deu um grande grito de contentamento e correu ao seu encontro, fundindo-se nele, e o jovem Pescador viu estender-se à sua frente, na areia, aquela sombra do corpo que é o corpo da Alma.

A Alma disse-lhe, "Não demoremo-nos, mas saiamos imediatamente daqui, pois os Deuses do Mar são ciumentos e têm monstros sob o seu comando."

Então eles apressaram-se; durante toda a noite viajaram sob a lua, e por todo o dia seguinte viajaram sob o sol, e no entardecer daquele dia eles chegaram a uma cidade.

E o jovem Pescador disse para a sua Alma, "É nesta cidade na qual dança aquela de quem tu falaste-me?"

And his Soul answered him, "It is not this city, but another. Nevertheless let us enter in". So they entered in and passed through the streets and, as they passed through the Street of the Jewellers, the young Fisherman saw a fair silver cup set forth in a booth. And his Soul said to him, "Take that silver cup and hide it."

So he took the cup and hid it in the fold of his tunic, and they went hurriedly out of the city.

And after that they had gone a league from the city, the young Fisherman frowned, and flung the cup away, and said to his Soul, "Why didst thou tell me to take this cup and hide it, for it was an evil thing to do?"

But his Soul answered him, "Be at peace, be at peace."

And on the evening of the second day they came to a city, and the young Fisherman said to his Soul, "Is this the city in which she dances of whom thou didst speak to me?"

And his Soul answered him, "It is not this city, but another. Nevertheless let us enter in." So they entered in and passed through the streets, and as they passed through the Street of the Sellers of Sandals, the young Fisherman saw a child standing by a jar of water. And

E a sua Alma respondeu-lhe, "Não é nesta, é em outra. Mesmo assim vamos entrar." Então entraram, caminharam pelas ruas, e quando passavam pela Rua dos Joalheiros, o jovem Pescador viu uma bela taça de prata exposta em frente de uma barraca. E a sua Alma disse-lhe, "Pegue essa taça de prata e esconda-a."

Ele pegou a taça e escondeu-a na dobra da sua túnica e fugiram apressadamente para fora da cidade.

Após terem se afastado uma légua da cidade, o jovem Pescador franziu o cenho, atirou para longe a taça e disse para a sua Alma, "Por que tu disseste-me para pegar essa taça e escondê-la, pois isso foi uma coisa má de fazer-se?"

Mas a sua Alma respondeu-lhe, "Fique tranquilo, fique tranquilo."

E no entardecer do segundo dia eles chegaram em uma cidade, e o jovem Pescador disse para a sua Alma, "É nesta cidade na qual dança aquela de quem tu falaste-me?"

E a sua Alma respondeu-lhe, "Não é nesta, é em outra. Mesmo assim vamos entrar." Então entraram, caminharam pelas ruas, e quando passavam pela Rua dos Vendedores de Sândalo, o jovem Pescador viu uma criança em pé ao lado de uma jarra de água. E a

his Soul said to him, "Smite that child." So he smote the child till it wept, and when he had done this they went hurriedly out of the city.

And after that they had gone a league from the city the young Fisherman grew wroth, and said to his Soul, 'Why didst thou tell me to smite the child, for it was an evil thing to do?'

But his Soul answered him, "Be at peace, be at peace."

And on the evening of the third day they came to a city, and the young Fisherman said to his Soul, 'Is this the city in which she dances of whom thou didst speak to me?'

And his Soul answered him, "It may be that it is in this city, therefore let us enter in."

So they entered in and passed through the streets, but nowhere could the young Fisherman find the river or the inn that stood by its side. And the people of the city looked curiously at him, and he grew afraid and said to his Soul, "Let us go hence, for she who dances with white feet is not here."

But his Soul answered, "Nay, but let us tarry, for the night is dark and there will be robbers on the way."

Alma disse-lhe, "Bata nessa criança." Então ele bateu na criança até que ela chorasse e depois de tê-lo feito, saíram rapidamente da cidade.

E depois de terem afastado-se uma légua da cidade, o jovem Pescador ficou furioso e disse à sua Alma, "Por que tu disseste-me para bater na criança, pois isso foi uma coisa má de fazer-se?"

Mas a sua Alma respondeu-lhe, "Fique tranquilo, fique tranquilo."

E no entardecer do terceiro dia eles chegaram a uma cidade, e o jovem Pescador disse à sua Alma, "É nesta cidade na qual dança aquela de quem tu falaste-me?"

E a sua Alma respondeu-lhe, "Pode ser que seja nesta cidade, por isso vamos entrar."

Então entraram e caminharam pelas ruas, mas em nenhum lugar pode o jovem Pescador encontrar o rio ou a pousada que erguia-se ao lado. As pessoas da cidade olhavam para ele curiosamente e ele sentiu medo e disse à sua Alma, "Vamo-nos deste lugar, pois aquela que dança com pés alvos aqui não está."

Mas a sua Alma respondeu, "Não, vamos demorar-nos mais um pouco, pois a noite está escura e poderá haver ladrões no caminho."

So he sat him down in the market-place and rested, and after a time there went by a hooded merchant who had a cloak of cloth of Tartary, and bare a lantern of pierced horn at the end of a jointed reed. And the merchant said to him, "Why dost thou sit in the market-place, seeing that the booths are closed and the bales corded?"

And the young Fisherman answered him, 'I can find no inn in this city, nor have I any kinsman who might give me shelter.'

"Are we not all kinsmen?", said the merchant. "And did not one God make us? Therefore come with me, for I have a guest-chamber."

So the young Fisherman rose up and followed the merchant to his house. And when he had passed through a garden of pomegranates and entered into the house, the merchant brought him rose-water in a copper dish that he might wash his hands, and ripe melons that he might quench his thirst, and set a bowl of rice and a piece of roasted kid before him.

And after that he had finished, the merchant led him to the guest-chamber, and bade him sleep and be at rest. And the young Fisherman gave him thanks, and kissed the ring that was on his hand, and flung

Assim ele sentou-se na praça do mercado e descansou; depois de algum tempo passou um mercador encapuzado, com um manto de tecido tártaro, exibindo uma lanterna de chifre perfurado fixada na ponta duma vara nodosa. E o mercador disse-lhe, "Por que senta-te na praça do mercado, sabendo que as tendas estão fechadas e os fardos amarrados?"

E o jovem Pescador respondeu, "Não encontro nenhuma pousada nesta cidade, e também não tenho nenhum parente que posa dar-me abrigo."

"Não somos todos parentes?", disse o mercador, "E não foi um Deus que fez-nos a todos? Assim sendo, vem comigo, pois tenho um quarto de hóspedes."

Então o jovem Pescador ergueu-se e seguiu o mercador até a casa deste. Depois de atravessar um jardim de romãs e de ter entrado na casa, o mercador trouxe-lhe água de rosas num prato de cobre para que ele pudesse lavar as suas mãos; melões maduros para que pudesse saciar a sede, e pôs à sua frente uma tigela de arroz e um pedaço de carne de cabrito assado.

E depois de ele ter terminado, o mercador levou-o para o quarto de hóspedes, e desejou-lhe que dormisse e que descansasse. E o jovem Pescador agradeceu, e beijou-lhe o anel que trazia na sua mão, e atirou-se

himself down on the carpets of dyed goat's-hair. And when he had covered himself with a covering of black lamb's-wool he fell asleep.

And three hours before dawn, and while it was still night, his Soul waked him and said to him, "Rise up and go to the room of the merchant, even to the room in which he sleepeth, and slay him, and take from him his gold, for we have need of it."

And the young Fisherman rose up and crept towards the room of the merchant, and over the feet of the merchant there was lying a curved sword, and the tray by the side of the merchant held nine purses of gold. And he reached out his hand and touched the sword, and when he touched it the merchant started and awoke, and leaping up seized himself the sword and cried to the young Fisherman, "Dost thou return evil for good, and pay with the shedding of blood for the kindness that I have shown thee?"

And his Soul said to the young Fisherman, "Strike him", and he struck him so that he swooned and he seized then the nine purses of gold, and fled hastily through the garden of pomegranates, and set his face to the star that is the star of morning.

And when they had gone a league from the city, the young Fisherman beat his breast, and said to his

sobre os tapetes de pelo de cabra pintado. E depois de ele ter-se coberto com a lã negra de carneiro sentiu-se sonolento.

E três horas antes do amanhecer, e enquanto ainda era noite, a sua Alma o acordou e disse-lhe, "Levanta-te e vai para o quarto do mercador, até o quarto em que ele dorme, e matá-o e toma-te o seu ouro, porque temos necessidade dele."

E o jovem Pescador levantou-se e engatinhou em direção ao quarto do mercador; por sobre os pés do mercador repousava uma espada curva, e na bandeja ao lado do mercador havia nove bolsas de ouro. E ele estendeu a sua mão, tocou a espada, e quando ele tocou-a o mercador sobressaltou-se e acordou; e ao sobressaltar, agarrou ele mesmo a espada e clamou ao jovem Pescador, "Porventura voltais com o mal o bem que recebestes e pagais com o derramamento de sangue pela bondade que tenho-vos mostrado?"

E a sua Alma disse ao jovem Pescador, "Golpeia-o", e ele feriu-o de modo que o mercador desmaiou, e apanhou então as nove bolsas de ouro, e fugiu apressadamente pelo jardim das romãs e voltou o seu rosto em direção da estrela que é a estrela da manhã.

E depois de terem afastado-se uma légua da cidade, o jovem Pescador golpeou o seu próprio peito

Soul, "Why didst thou bid me slay the merchant and take his gold? Surely thou art evil."

But his Soul answered him, 'Be at peace, be at peace.'

"Nay", cried the young Fisherman, "I may not be at peace, for all that thou hast made me to do I hate. Thee also I hate, and I bid thee tell me wherefore thou hast wrought with me in this wise."

And his Soul answered him, 'When thou didst send me forth into the world thou gavest me no heart, so I learned to do all these things and love them.'

"What sayest thou?", murmured the young Fisherman.

"Thou knowest", answered his Soul, "thou knowest it well. Hast thou forgotten that thou gavest me no heart? I trow not. And so trouble not thyself nor me, but be at peace, for there is no pain that thou shalt not give away, nor any pleasure that thou shalt not receive."

And when the young Fisherman heard these words he trembled and said to his Soul, "Nay, but thou art evil, and hast made me forget my love, and hast tempted me with temptations, and hast set my feet in the ways of sin."

e disse à sua Alma, "Por que mandaste-me matar o mercador e tomar-lhe o ouro? Com certeza tu és má."

Mas a sua Alma respondeu-lhe, "Fique tranquilo, fique tranquilo."

"Não", gritou o jovem Pescador, "eu não posso ficar tranquilo, pois tudo o que obrigaste-me a fazer eu abomino. Odeio-te também e ordeno-te que diga-me porque agiste deste modo comigo."

E a sua Alma respondeu, "Quando mandaste-m embora para o mundo, tu não me deste um coração, então aprendi a fazer todas essas coisas e a amá-las."

"O que disseste-me?", murmurou o jovem Pescador.

"Tu bem o sabes", respondeu a Alma, "tu o sabes muito bem. Esqueceste que tu não me deste um coração? Eu não acredito. Portanto, não inquieteis nem a ti nem a mim, mas fique tranquilo, porque não há nenhuma dor que não passe, nem nenhum prazer que tu não possas receber."

E quando o jovem Pescador ouviu essas palavras, estremeceu e disse para a sua Alma, "Não, tu és perversa e fizeste com que esquecesse-me do meu amor, e tentaste-me com tentações e puseste os meus pés no caminho do pecado."

And his Soul answered him, "Thou hast not forgotten that when thou didst send me forth into the world thou gavest me no heart? Come, let us go to another city, and make merry, for we have nine purses of gold."

But the young Fisherman took the nine purses of gold, and flung them down, and trampled on them.

"Nay", he cried, "but I will have nought to do with thee, nor will I journey with thee anywhere, but even as I sent thee away before, so will I send thee away now, for thou hast wrought me no good". And he turned his back to the moon, and with the little knife that had the handle of green viper's skin he strove to cut from his feet that shadow of the body which is the body of the Soul.

Yet his Soul stirred not from him, nor paid heed to his command, but said to him, "The spell that the Witch told thee avails thee no more, for I may not leave thee, nor mayest thou drive me forth. Once in his life may a man send his Soul away, but he who receiveth back his Soul must keep it with him for ever: and this is his punishment and his reward."

And the young Fisherman grew pale and clenched his hands and cried, "She was a false Witch in that she told me not that."

E a sua Alma respondeu-lhe, "Não esqueceste de que quando tu mandaste-me embora para o mundo tu não me deste um coração? Vem, vamo-nos para uma outra cidade e alegremo-nos, pois temos nove bolsas de ouro."

Porém o jovem Pescador tomou as nove bolsas de ouro, atirou-as ao chão e pisoteou-as.

"Não", ele gritou, "não tenho nada para fazer contigo, nem irei viajar contigo para parte alguma, pelo contrário, vou até mesmo mandar-te embora antes; assim, mandar-te-ei para longe agora, pois tu não me fizeste bem." E ele virou-se de costas para a lua e com a pequena faca com cabo de pele de serpente verde esforçou-se para cortar dos seus pés aquela sombra do corpo que é o corpo da Alma.

Contudo a sua Alma não se apartou dele, nem deu atenção ao seu comando, mas disse-lhe, "O feitiço que a Bruxa contou-lhe não te serve mais, pois não posso deixar-te, nem podes expulsar-me. Só uma vez na vida pode um homem mandar embora a sua Alma, mas aquele que recebê-la de volta deverá mantê-la consigo para sempre: é sua punição e sua recompensa."

E o jovem Pescador empalideceu, cerrou os punhos e lamentou-se, "Ela era uma falsa Bruxa por não me ter dito isso."

"Nay", answered his Soul, "but she was true to Him she worships, and whose servant she will be ever."

And when the young Fisherman knew that he could no longer get rid of his Soul, and that it was an evil Soul and would abide with him always, he fell upon the ground weeping bitterly.

And when it was day the young Fisherman rose up and said to his Soul, "I will bind my hands that I may not do thy bidding, and close my lips that I may not speak thy words, and I will return to the place where she whom I love has her dwelling. Even to the sea will I return, and to the little bay where she is wont to sing, and I will call to her and tell her the evil I have done and the evil thou hast wrought on me."

And his Soul tempted him and said, "Who is thy love, that thou shouldst return to her? The world has

"Não", respondeu a Alma, "ela foi sincera com Aquele a quem ela cultua e de quem será serva por toda a eternidade."

E quando o jovem Pescador soube que não poderia mais libertar-se da sua Alma e que aquela era uma Alma perversa que sempre o dominaria, lançou-se ao chão chorando amargamente.

E quando amanheceu, o jovem Pescador levantou-se e disse à Alma, "Amarrarei as minhas mãos para que eu não possa obedecer às tuas ordens; selarei os meus lábios para que não possa dizer tuas palavras e retornarei ao lugar em que aquela a quem amo faz a sua morada. Até o mar eu retornarei e à pequena baía em que ela costuma cantar; e chamarei por ela e di-la-ei o mal que fiz e o mal que tu fizeste-me."

E a sua Alma tentou-o e disse, "Quem é o teu amor para que não possas retornar para ela? O mun-

many fairer than she is. There are the dancing-girls of Samaris who dance in the manner of all kinds of birds and beasts. Their feet are painted with henna, and in their hands they have little copper bells. They laugh while they dance, and their laughter is as clear as the laughter of water. Come with me and I will show them to thee. For what is this trouble of thine about the things of sin? Is that which is pleasant to eat not made for the eater? Is there poison in that which is sweet to drink? Trouble not thyself, but come with me to another city. There is a little city hard by in which there is a garden of tulip-trees. And there dwell in this comely garden white peacocks and peacocks that have blue breasts. Their tails when they spread them to the sun are like disks of ivory and like gilt disks. And she who feeds them dances for their pleasure, and sometimes she dances on her hands and at other times she dances with her feet. Her eyes are coloured with stibium, and her nostrils are shaped like the wings of a swallow. From a hook in one of her nostrils hangs a flower that is carved out of a pearl. She laughs while she dances, and the silver rings that are about her ankles tinkle like bells of silver. And so trouble not thyself any more, but come with me to this city."

do possui muitas jovens mais belas do que ela. Há as dançarinas de Samaris que dançam à maneira de todos os tipos de pássaros e feras. Os seus pés são pintados com hena e nas mãos elas trazem sininhos de cobre. Elas riem enquanto dançam e o riso delas é tão límpido quanto o riso da água. Vem comigo e mostrar-las-ei a ti. Por que preocupa-te com coisas pecaminosas? Acaso o que dá prazer ao paladar não foi feito para aquele que deseja comer? Há veneno naquilo que é doce para beber-se? Não te aflijas, mas vem comigo para uma outra cidade. Existe uma cidadezinha não muito longe daqui em que há um jardim de tulipas. E nesse agradável jardim moram pavões brancos e pavões que possuem o peito azul. As caudas, quando eles abrem-nas para o sol, são como discos de marfim e como discos cobertos de ouro. E aquela que alimenta-os, dança para que eles deliciem-se; às vezes ela dança com as mãos e outras vezes com os pés. Os seus olhos são pintados com antimônio e as suas narinas têm a forma de asas de andorinhas. De um gancho em uma das suas narinas, pende uma flor que é esculpida numa pérola. Ela ri ao dançar e os anéis prateados ao redor dos seus tornozelos tilintam como sinos de prata. Não atormente-te mais, e vem comigo até essa cidade."

But the young Fisherman answered not his Soul, but closed his lips with the seal of silence and with a tight cord bound his hands, and journeyed back to the place from which he had come, even to the little bay where his love had been wont to sing. And ever did his Soul tempt him by the way, but he made it no answer, nor would he do any of the wickedness that it sought to make him to do, so great was the power of the love that was within him.

And when he had reached the shore of the sea, he loosed the cord from his hands, and took the seal of silence from his lips, and called to the little Mermaid. But she came not to his call, though he called to her all day long and besought her.

And his Soul mocked him and said, "Surely thou hast but little joy out of thy love. Thou art as one who in time of death pours water into a broken vessel. Thou givest away what thou hast, and nought is given to thee in return. It were better for thee to come with me, for I know where the Valley of Pleasure lies, and what things are wrought there."

But the young Fisherman answered not his Soul, but in a cleft of the rock he built himself a house of wattles, and abode there for the space of a year. And

Porém o jovem Pescador não respondeu para a sua Alma; selou os lábios com o lacre do silêncio e com uma corda apertada, atou as mãos, e viajou de volta ao lugar de onde tinha vindo até a pequena baía na qual o seu amor costumava cantar. Durante o caminho, a sua Alma tentava-o constantemente, mas ele não lhe deu resposta, nem fez nenhuma das maldades que ela procurou forçá-lo a cometer, tão grande era a força do amor que havia dentro dele.

E quando ele alcançou a costa do mar, desatou as cordas das suas mãos, tirou dos seus lábios o lacre do silêncio e chamou pela pequena Sereia. Mas ela não veio ao seu chamado, embora ele chamasse-a durante todo o dia e rogasse por ela.

E a sua Alma zombou dele e disse, "Certamente tu tens pouco gozo fora do teu amor. Tu és como aquele que na hora da morte derrama água dentro de um vaso quebrado. Despojaste-te do que tens e nada te é dado em troca. Será melhor para ti se viéreis comigo, pois sei onde fica o Vale dos Prazeres e que coisas são feitas por lá."

Mas o jovem Pescador não respondeu para a sua Alma, mas dentro de um nicho de pedra, construiu para si uma cabana de vime e morou lá pelo tempo

every morning he called to the Mermaid, and every noon he called to her again, and at night-time he spake her name. Yet never did she rise out of the sea to meet him, nor in any place of the sea could he find her though he sought for her in the caves and in the green water, in the pools of the tide and in the wells that are at the bottom of the deep.

And ever did his Soul tempt him with evil, and whisper of terrible things. Yet did it not prevail against him, so great was the power of his love.

And after the year was over, the Soul thought within himself, "I have tempted my master with evil, and his love is stronger than I am. I will tempt him now with good, and it may be that he will come with me."

So he spake to the young Fisherman and said, 'I have told thee of the joy of the world, and thou hast turned a deaf ear to me. Suffer me now to tell thee of the world's pain, and it may be that thou wilt hearken. For of a truth pain is the Lord of this world, nor is there any one who escapes from its net. There be some who lack raiment, and others who lack bread. There be widows who sit in purple, and widows who sit in rags. To and fro over the fens go the lepers, and they are cruel to each other. The beggars go up and

de um ano. E a cada manhã chamava pela Sereia, e ao meio-dia chamava-a de novo, e à noite clamava pelo nome dela. Mesmo assim, ela nunca ergueu-se do mar para encontrar-se com ele, nem em nenhum lugar do mar ele pode encontrá-la, embora procurasse por ela nas cavernas e na água verde, nas piscinas da maré e nos poços que existem na parte inferior do fundo.

E a sua Alma sempre tentava-o com maldades, a sussurrar-lhe coisas terríveis. Contudo, não conseguiu triunfar contra ele, tão grande era o poder do seu amor.

E depois que o ano acabou, a Alma pensou consigo mesma, "Tenho a tentar o meu mestre com maldades, mas o amor dele é mais forte do que eu. Agora tentá--lo-ei com o bem, e pode ser que ele venha comigo."

Assim ela falou com o jovem Pescador e disse, "Tenho-te falado sobre as alegrias do mundo, e tu me fizeste ouvidos moucos. Permita-me falar-te sobre as dores do mundo, e pode ser que dê-me atenção. De fato, a dor é a Senhora deste mundo, e não há ninguém que possa escapar das suas redes. Existem aqueles que carecem de vestimentas e outros que carecem de pão. Existem viúvas que envergam-se de púrpura, e aquelas que envergam-se de farrapos. Por toda parte leprosos caminham sobre pântanos e são cruéis uns

down on the highways, and their wallets are empty. Through the streets of the cities walks Famine, and the Plague sits at their gates. Come, let us go forth and mend these things, and make them not to be. Wherefore shouldst thou tarry here calling to thy love, seeing she comes not to thy call? And what is love, that thou shouldst set this high store upon it?"

But the young Fisherman answered it nought, so great was the power of his love. And every morning he called to the Mermaid, and every noon he called to her again, and at night-time he spake her name. Yet never did she rise out of the sea to meet him, nor in any place of the sea could he find her, though he sought for her in the rivers of the sea, and in the valleys that are under the waves, in the sea that the night makes purple, and in the sea that the dawn leaves grey.

And after the second year was over, the Soul said to the young Fisherman at night-time, and as he sat in the wattled house alone, "Lo! now I have tempted thee with evil, and I have tempted thee with good, and thy love is stronger than I am. Wherefore will I tempt thee no longer, but I pray thee to suffer me to enter thy heart, that I may be one with thee even as before."

com os outros. Mendigos vem e vão pelas estradas e as suas bolsas estão vazias. Pelas ruas das cidades caminha a Fome e a Praga senta-se nos portões. Vem, vamos adiante melhorar essas coisas e fazer com que não ocorram. Por que deves demorar-te aqui a chamar pelo teu amor, visto que ela não atende ao teu chamado? E o que é o amor para que dê-lhe tanta importância?"

Mas o jovem Pescador nada respondeu-lhe, tão grande era o poder do seu amor. E a cada manhã chamava pela Sereia e ao meio-dia chamava-a de novo e à noite clamava pelo nome dela. Ainda assim, ela nunca ergueu-se do mar para encontrá-lo e em nenhuma parte do oceano ele pode encontrá-la, ainda que ele tivesse procurado por ela nos rios do mar, nos vales que ficam sob as ondas, no mar que a noite torna-se púrpura e no mar que o amanhecer deixa cinza.

E depois que o segundo ano terminou, a Alma disse ao jovem Pescador numa noite, enquanto ele estava sentado sozinho na cabana de vimes, "Veja! até agora tentei-te com o mal, e tentei-te com o bem, mas o teu amor é mais forte do que eu. Por isso não tentar-te-ei mais, porém, permite que entre em teu coração, assim poderei unir-me a ti e sermos um, como éramos antes."

"Surely thou mayest enter", said the young Fisherman, "for in the days when with no heart thou didst go through the world thou must have much suffered."

"Alas!", cried his Soul, "I can find no place of entrance, so compassed about with love is this heart of thine."

"Yet I would that I could help thee", said the young Fisherman.

And as he spake there came a great cry of mourning from the sea, even the cry that men hear when one of the Sea-folk is dead. And the young Fisherman leapt up, and left his wattled house, and ran down to the shore. And the black waves came hurrying to the shore, bearing with them a burden that was whiter than silver. White as the surf it was, and like a flower it tossed on the waves. And the surf took it from the waves, and the foam took it from the surf, and the shore received it, and lying at his feet the young Fisherman saw the body of the little Mermaid. Dead at his feet it was lying.

Weeping as one smitten with pain he flung himself down beside it, and he kissed the cold red of the mouth, and toyed with the wet amber of the hair. He flung himself down beside it on the sand, weeping

"Certamente que tu podes entrar", disse o jovem Pescador, "pois nos dias em que tu vagavas pelo mundo sem coração, deves ter sofrido muito."

"Ai de mim!", lamentou a sua Alma, "não consigo encontrar nenhum lugar por onde possa entrar, tão cercado de amor encontra-se este teu coração."

"Mesmo assim gostaria de poder ajudar-te", disse o jovem Pescador.

E quando ele disse aquilo, veio do oceano um grande lamento de pesar, igual ao choro que os homens escutam quando morre alguém do povo do Mar. O jovem Pescador deu um salto e deixou a cabana de vime, e desceu a correr para a enseada. E ondas negras vinham apressadas para a praia, a trazer consigo um fardo que era mais branco do que prateado. Branco como a rebentação ele era, e balançava como uma flor sobre as ondas. A rebentação tomou-o das ondas, a espuma tomou-o da rebentação e a areia recebeu-o, e a jazer aos seus pés, o jovem Pescador viu o corpo da pequena Sereia. Morta aos seus pés ela jazia.

E chorando como alguém ferido pela dor, atirou-se ao lado dela, beijando os lábios vermelhos e frios, brincando com os úmidos cabelos cor de âmbar. Atirou-se ao lado dela na areia, chorando como al-

as one trembling with joy, and in his brown arms he held it to his breast. Cold were the lips, yet he kissed them. Salt was the honey of the hair, yet he tasted it with a bitter joy. He kissed the closed eyelids, and the wild spray that lay upon their cups was less salt than his tears.

And to the dead thing he made confession. Into the shells of its ears he poured the harsh wine of his tale. He put the little hands round his neck, and with his fingers he touched the thin reed of the throat. Bitter, bitter was his joy, and full of strange gladness was his pain.

The black sea came nearer and the white foam moaned like a leper. With white claws of foam the sea grabbled at the shore. From the palace of the Sea-King came the cry of mourning again, and far out upon the sea the great Tritons blew hoarsely upon their horns.

"Flee away", said his Soul, "for ever doth the sea come nigher, and if thou tarriest it will slay thee. Flee away, for I am afraid, seeing that thy heart is closed against me by reason of the greatness of thy love. Flee away to a place of safety. Surely thou wilt not send me without a heart into another world?"

guém trémulo de prazer, e em seus braços bronzeados envolveu-a em seu peito. Frios estavam os lábios, ainda assim ele beijou-os. Salgado era o mel dos cabelos, ainda assim ele provou-o com amarga alegria. Beijou as pálpebras fechadas, úmidas não tanto pela água salgada quanto pelas lágrimas que ele derramava.

E ao corpo morto ele fez a sua confissão. Dentro das orelhas em concha, verteu o vinho amargo da sua história. Pôs as pequeninas mãos dela ao redor do seu pescoço e com os seus dedos tocou a haste delicada da garganta dela. Amarga, amarga era a sua alegria e plena de estranho prazer era a sua dor.

O mar negro aproximou-se e a espuma clara gemia como um leproso. Com brancas garras de espuma o mar agarrava-se à areia. Do palácio do Rei do Mar surgiu novamente um lamento de pesar e, longe sobre o mar, os grandes Tritões sopraram asperamente as suas trompas.

"Foge", disse a Alma, "pois mais e mais o mar se aproxima, e se demora-te, matar-te-á. Foge, pois tenho medo ao ver que o teu coração está fechado para mim por causa da grandeza do teu amor. Foge para um lugar que seja seguro. Certamente não me mandarás sem um coração para um outro mundo?"

But the young Fisherman listened not to his Soul, but called on the little Mermaid and said, "Love is better than wisdom, and more precious than riches, and fairer than the feet of the daughters of men. The fires cannot destroy it, nor can the waters quench it. I called on thee at dawn, and thou didst not come to my call. The moon heard thy name, yet hadst thou no heed of me. For evilly had I left thee, and to my own hurt had I wandered away. Yet ever did thy love abide with me, and ever was it strong, nor did aught prevail against it, though I have looked upon evil and looked upon good. And now that thou art dead, surely I will die with thee also."

And his Soul besought him to depart, but he would not, so great was his love. And the sea came nearer, and sought to cover him with its waves, and when he knew that the end was at hand he kissed with mad lips the cold lips of the Mermaid, and the heart that was within him brake. And as through the fulness of his love his heart did break, the Soul found an entrance and entered in, and was one with him even as before. And the sea covered the young Fisherman with its waves.

Mas o jovem Pescador não escutou a sua Alma, só chamou pela pequena Sereia e disse, "O Amor é melhor do que a sabedoria, mais precioso do que as riquezas e mais belo do que os pés das filhas dos homens. O fogo não pode destruí-lo, nem as águas pode extingui-lo. Chamei-te ao amanhecer e não vieste ao meu chamado. A lua escutou o teu nome, mesmo assim não me deste atenção. Por maldade deixei-te e para o meu próprio dano vaguei para longe. No entanto, o teu amor sempre permaneceu comigo e sempre foi forte e nada prevaleceu sobre ele, embora eu tenha olhado para o mal e para o bem. E agora que estás morta, certamente morrerei contigo também."

E a sua Alma implorou para que partisse, mas ele não o fez, tão grande era o seu amor. E mais perto veio o mar, procurando cobri-lo com as suas ondas, e quando soube que o fim havia chegado, beijou furiosamente os lábios frios da Sereia e o coração que estava dentro dele partiu-se. E quando, por causa da plenitude do seu amor, o coração partiu, a Alma pode encontrar uma brecha e entrar, e uniu-se a ele como um só como era antes. E o mar cobriu o jovem Pescador com as suas ondas.

And in the morning the Priest went forth to bless the sea, for it had been troubled. And with him went the monks and the musicians, and the candle-bearers, and the swingers of censers, and a great company.

And when the Priest reached the shore he saw the young Fisherman lying

E pela manhã o Padre seguiu para abençoar o mar, pois esse estivera agitado. E com ele seguiram os monges e os músicos, e aqueles que portam os círios, e os aspersores de incenso, além duma grande comitiva.

E quando o Padre chegou à praia, ele viu o jovem Pescador a jazer, afogado, na

drowned in the surf, and clasped in his arms was the body of the little Mermaid. And he drew back frowning, and having made the sign of the cross, he cried aloud and said, "I will not bless the sea nor anything that is in it. Accursed be the Sea-folk, and accursed be all they who traffic with them. And as for him who for love's sake forsook God, and so lieth here with his leman slain by God's judgment, take up his body and the body of his leman, and bury them in the corner of the Field of the Fullers, and set no mark above them, nor sign of any kind, that none may know the place of their resting. For accursed were they in their lives, and accursed shall they be in their deaths also."

And the people did as he commanded them, and in the corner of the Field of the Fullers, where no sweet herbs grew, they dug a deep pit, and laid the dead things within it.

And when the third year was over, and on a day that was a holy day, the Priest went up to the chapel, that he might show to the people the wounds of the Lord, and speak to them about the wrath of God.

And when he had robed himself with his robes, and entered in and bowed himself before the altar, he saw that the altar was covered with strange flowers

rebentação e a trazer apertado nos seus braços o corpo da pequena Sereia. E afastou-se com cara feia, e fazendo o sinal da cruz, clamou em voz alta e disse, "Não abençoarei o mar nem nada que há nele. Maldito seja o povo do Mar e malditos aqueles que envolvem-se com eles. E quanto a esse que por causa do amor renunciou a Deus e que por isso jaz aqui com a sua amante, morto pela justiça de Deus, levem o corpo e o corpo da sua amante e enterrem-nos num canto do Campo dos Pisoeiros, e não deixem nenhuma marca sobre eles, nenhum sinal de nenhum tipo para que ninguém saiba o local onde descansam. Pois amaldiçoados eles foram em vida e amaldiçoados deverão ser na morte também."

E as pessoas fizeram da forma como ele mandara, e num canto do Campo dos Pisoeiros, em que nenhuma erva aprazível crescia, cavaram uma cova profunda e deitaram nela os corpos mortos.

E ao final do terceiro ano, num dia considerado sagrado, o Padre seguiu até a capela, pois deveria mostrar às pessoas as chagas do Senhor e falar para elas a respeito da ira de Deus.

E depois de ele ter se vestido com os seus paramentos e de entrar e inclinar-se diante do altar, viu que o altar estava coberto com estranhas flores que

that never had been seen before. Strange were they to look at, and of curious beauty, and their beauty troubled him, and their odour was sweet in his nostrils. And he felt glad, and understood not why he was glad.

And after that he had opened the tabernacle, and incensed the monstrance that was in it, and shown the fair wafer to the people, and hid it again behind the veil of veils, he began to speak to the people, desiring to speak to them of the wrath of God. But the beauty of the white flowers troubled him, and their odour was sweet in his nostrils, and there came another word into his lips, and he spake not of the wrath of God, but of the God whose name is Love. And why he so spake, he knew not.

And when he had finished his word the people wept, and the Priest went back to the sacristy, and his eyes were full of tears. And the deacons came in and began to unrobe him, and took from him the alb and the girdle, the maniple and the stole. And he stood as one in a dream.

And after that they had unrobed him, he looked at them and said, "What are the flowers that stand on the altar, and whence do they come?"

And they answered him, 'What flowers they are we cannot tell, but they come from the corner of the

nunca tinham sido vistas antes. Eram estranhas de ver-se e de rara beleza; e a beleza delas perturbou-o e o perfume era doce para o seu olfato. E sentiu-se feliz, mas não compreendeu o porquê daquela felicidade.

E depois de ter aberto o tabernáculo e incensar o ostensório que estava dentro dele e mostrar a bela hóstia para as pessoas, e escondê-la novamente por detrás do véu dos véus, começou a falar para as pessoas, desejando alertá-las sobre a ira de Deus. No entanto, a beleza das flores brancas perturbava-o e o perfume era doce para o seu olfato; outras palavras vieram-lhe aos lábios e ele não falou sobre a ira de Deus, mas sobre o Deus cujo nome é Amor. E o porquê de estar falando sobre aquilo, ele não sabia.

E ao final do seu sermão as pessoas choraram, e o Padre retornou para a sacristia e os seus olhos estavam cheios de lágrimas. Os diáconos vieram e começaram a despi-lo, tirando-lhe a alva e o cíngulo, o manípulo e a estola. E ele permaneceu em pé como se estivesse dentro de um sonho.

E depois que eles despiram-no, ele olhou para os diáconos e disse, "Que flores são aquelas que estão sobre o altar e de aonde elas vieram?"

E eles responderam, "Que flores são aquelas não sabemos dizer, mas vieram do canto do Campo dos

Fullers' Field." And the Priest trembled, and returned to his own house and prayed.

And in the morning, while it was still dawn, he went forth with the monks and the musicians, and the candle-bearers and the swingers of censers, and a great company, and came to the shore of the sea, and blessed the sea, and all the wild things that are in it. The Fauns also he blessed, and the little things that dance in the woodland, and the bright-eyed things that peer through the leaves. All the things in God's world he blessed, and the people were filled with joy and wonder. Yet never again in the corner of the Fullers' Field grew flowers of any kind, but the field remained barren even as before. Nor came the Sea-folk into the bay as they had been wont to do, for they went to another part of the sea.

Pisoeiros." E o Padre estremeceu e retornou para a sua própria casa e rezou.

E pela manhã, quando ainda era madrugada, ele saiu com os monges e os músicos, e aqueles que portam os círios, e os aspersores de incenso, além de uma grande comitiva, seguiram até a encosta do mar, e ele abençoou o oceano e todas as coisas que existem nele. Aos Faunos ele também abençoou, e também às pequeninas criaturas que dançam na floresta, e às criaturas de olhos brilhantes que espiam por entre as folhas. A todas as coisas que existem no mundo de Deus ele abençoou, e as pessoas encheram-se de alegria e espanto. Porém nunca mais no canto do Campo dos Pisoeiros cresceram flores de qualquer tipo e o chão permaneceu estéril como era antes. Nem o povo do Mar voltou a frequentar a baía como costumavam fazer, pois eles foram para outra parte do mar.

270
A HOUSE OF POMEGRANATES
OSCAR WILDE

A CASA DAS ROMÃS
OSCAR WILDE

HE STAR-CHILD

TO
MISS MARGOT TENNANT*.

ONCE upon a time two poor Woodcutters were making their way home through a great pine-forest. It was winter and a night of bitter cold. The snow lay thick upon the ground, and upon the branches of the trees; the frost kept snapping the little twigs on either side of them, as they passed; and when they came to the Mountain-Torrent she was hanging motionless in air, for the Ice-King had kissed her.

So cold was it that even the animals and the birds did not know what to make of it.

---

*   Margot Tennant (1864-1945), Countess of Oxford and Asquith, was a friend of Oscar Wilde from Dublin and wife of Sir H. H. Asquith, the Home Secretary and the future Prime Minister of the United Kingdom from 1894 to 1928.

O FILHO-DA-ESTRELA

PARA
MISS MARGOT TENNANT*.

ERA uma vez, dois pobres Lenhadores que estavam caminhando para casa através de uma grande floresta de pinheiros. Era inverno, e uma noite de frio cortante. A neve estendia-se espessa sobre o solo e sobre os galhos das árvores; a geada fazia estalar os pequenos ramos de cada lado deles na medida em que passavam; e ao chegarem à Corrente da Montanha, ela estava suspensa no ar, imóvel, pois o Rei do Gelo havia-a beijado.

Fazia tanto frio que mesmo os animais e os pássaros não sabiam que atitude tomar.

* Margot Tennant (1864-1945), Condessa de Oxford e Asquith, era uma amiga de Oscar Wilde, de Dublin, e esposa de Sir H. H. Asquith, Ministro do Interior e futuro Primeiro-ministro do Reino Unido de 1894 a 1928.

"Ugh!", snarled the Wolf, as he limped through the brushwood with his tail between his legs, "this is perfectly monstrous weather. Why doesn't the Government look to it?"

"Weet! weet! weet!", twittered the green Linnets, "the old Earth is dead and they have laid her out in her white shroud."

"The Earth is going to be married, and this is her bridal dress", whispered the Turtle-doves to each other. Their little pink feet were quite frost-bitten, but they felt that it was their duty to take a romantic view of the situation.

"Nonsense!", growled the Wolf. "I tell you that it is all the fault of the Government, and if you don't believe me I shall eat you." The Wolf had a thoroughly practical mind, and was never at a loss for a good argument.

"Well, for my own part", said the Woodpecker, who was a born philosopher, "I don't care an atomic theory for explanations. If a thing is so, it is so, and at present it is terribly cold."

Terribly cold it certainly was. The little Squirrels, who lived inside the tall fir-tree, kept rubbing each other's noses to keep themselves warm, and

"Argh!", rosnou o Lobo, enquanto ele mancava pelos arbustos com o seu rabo por entre as pernas, "este tempo está perfeitamente monstruoso. Por que o Governo não olha para isso?"

"Weet, weet, weet!", gorjearam os Pintarroxos verdes, "a velha Terra está morta e eles deitaram-na sobre uma mortalha branca."

"A Terra vai se casar e esse é o seu vestido nupcial", sussurraram as Rolinhas entre si. Os seus pezinhos rosados estavam completamente enregelados, mas elas acharam que era o dever delas extrair uma visão romântica da situação.

"Disparates!", rosnou o Lobo. "Disse-lhes que é tudo culpa do Governo, e se não me acreditarem, eu devorar-lhe-ei a todos." O Lobo tinha um pensamento completamente prático e nunca havia-lhe faltado um com bom argumento.

"Bem, de minha própria parte", disse o Pica-pau, que era um filósofo nato, "não dou a mínima para uma teoria atômica de explicações. Se algo é assim, assim o é, e no presente momento está terrivelmente frio."

Terrivelmente frio com certeza estava. Os pequenos Esquilos que viviam dentro de um grande abeto ficavam esfregando os narizes um no outro para

the Rabbits curled themselves up in their holes, and did not venture even to look out of doors. The only people who seemed to enjoy it were the great horned Owls. Their feathers were quite stiff with rime, but they did not mind, and they rolled their large yellow eyes, and called out to each other across the forest, "Tu-whit! Tu-whoo! Tu-whit! Tu-whoo! What delightful weather we are having!"

On and on went the two Woodcutters, blowing lustily upon their fingers, and stamping with their huge iron-shod boots upon the caked snow. Once they sank into a deep drift, and came out as white as millers are, when the stones are grinding; and once they slipped on the hard smooth ice where the marsh-water was frozen, and their faggots fell out of their bundles, and they had to pick them up and bind them together again; and once they thought that they had lost their way, and a great terror seized on them, for they knew that the Snow is cruel to those who sleep in her arms. But they put their trust in the good Saint Martin, who watches over all travellers, and retraced their steps, and went warily, and at last they reached the outskirts of the forest, and saw, far down in the valley beneath them, the lights of the village in which they dwelt.

manterem-se aquecidos e os Coelhos enrolavam-se nas suas tocas e não arriscavam sequer olhar para fora da porta. As grandes Corujas-de-chifres eram as únicas que pareciam aproveitar. As suas penas estavam completamente duras com a geada, mas não se importavam e ao girar os enormes olhos amarelos, chamavam umas às outras através da floresta: "Tu-whit! Tu-whoo! Tu--whit! Tu-whoo! Que tempo delicioso está fazendo!"

Os Lenhadores continuaram e continuaram avançando, soprando com vigor sobre os dedos, e pisando os torrões de neve com as enormes botas de solado de ferro. Certa vez mergulharam numa violenta nevada, e emergiram tão brancos como ficam os moedores de trigo quando as mós estão moendo. E certa vez deslizaram sobre o gelo duro e liso onde a água do pântano congelara; os feixes caíram dos fardos e tiveram que recolhê-los e amarrá-los juntos novamente. Doutra feita, pensaram haver perdido o caminho e um grande terror apoderou-se deles, pois sabiam que a Neve é cruel com aqueles que dormem nos seus braços. Mas confiavam no bom São Martinho que zela por todos os viajantes e reorientaram os seus passos e seguiram cautelosamente; por fim, alcançaram as cercanias da floresta e viram ao longe, no vale abaixo deles, as luzes do vilarejo no qual eles moravam.

So overjoyed were they at their deliverance that they laughed aloud, and the Earth seemed to them like a flower of silver, and the Moon like a flower of gold.

Yet, after that they had laughed they became sad, for they remembered their poverty, and one of them said to the other, "Why did we make merry, seeing that life is for the rich, and not for such as we are? Better that we had died of cold in the forest, or that some wild beast had fallen upon us and slain us."

"Truly", answered his companion, "much is given to some, and little is given to others. Injustice has parcelled out the world, nor is there equal division of aught save of sorrow."

But as they were bewailing their misery to each other this strange thing happened. There fell from heaven a very bright and beautiful star. It slipped down the side of the sky, passing by the other stars in its course, and, as they watched it wondering, it seemed to them to sink behind a clump of willow-trees that stood hard by a little sheepfold no more than a stone's-throw away.

"Why! There is a crook of gold for whoever finds it", they cried, and they set to and ran, so eager were they for the gold.

Então ficaram tão exultantes por terem-se livrado daquilo que riram alto e a Terra pareceu-lhes como uma flor de prata e a Lua como uma flor de ouro.

Porém, depois de rirem eles ficaram tristes, pois lembraram-se da sua pobreza e um deles disse para os demais, "Por que alegramo-nos, vendo que essa vida é para os ricos, e não para aquilo que somos? Seria melhor se tivéssemos morrido de frio na floresta ou que alguma fera selvagem caísse sobre nós e matado-nos."

"Verdade", respondeu o seu companheiro, "muito é dado para alguns e pouco é dado para outros. A injustiça parcelou o mundo e não existe divisão absolutamente igual, exceto a da tristeza."

Mas enquanto lamentavam a miséria um com o outro aconteceu algo estranho. Do céu caiu uma estrela muito brilhante e bonita. Deslizou vindo do céu, oblíqua, passando pelas outras estrelas no seu curso e enquanto observavam maravilhados, pareceu-lhes que ela mergulhou atrás de um grupo de salgueiros que erguiam-se junto de um pequeno redil a não mais do que um arremesso de um pedra de distância.

"Ora! Existe um pote de ouro para quem quer que encontre-o", eles exclamaram e puseram-se a correr, tão ansiosos que estavam pelo ouro.

And one of them ran faster than his mate, and outstripped him, and forced his way through the willows, and came out on the other side, and lo! there was indeed a thing of gold lying on the white snow. So he hastened towards it, and stooping down placed his hands upon it, and it was a cloak of golden tissue, curiously wrought with stars, and wrapped in many folds. And he cried out to his comrade that he had found the treasure that had fallen from the sky, and when his comrade had come up, they sat them down in the snow, and loosened the folds of the cloak that they might divide the pieces of gold. But, alas! no gold was in it, nor silver, nor, indeed, treasure of any kind, but only a little child who was asleep.

And one of them said to the other, "This is a bitter ending to our hope, nor have we any good fortune, for what doth a child profit to a man? Let us leave it here, and go our way, seeing that we are poor men, and have children of our own whose bread we may not give to another."

But his companion answered him, "Nay, but it were an evil thing to leave the child to perish here in the snow, and though I am as poor as thou art, and have many mouths to feed, and but little in the pot, yet will I bring it home with me, and my wife shall have care of it."

E um deles correu mais rápido que o seu companheiro, deixando-o para trás; e forçou a passagem pelos salgueiros e saiu pelo outro lado e eis que existia mesmo algo dourado a repousar sobre a neve branca. Então ele acelerou na direção daquilo e ao abaixar-se pôs as suas mãos sobre aquilo: era um manto de tecido de ouro, cuidadosamente feito com estrelas e coberto por muitas dobras. Gritou para o companheiro dizendo ter encontrado o tesouro caído do céu e quando o companheiro chegou, sentaram-se na neve e soltaram as dobras do manto para poderem repartir as peças de ouro. Mas, eis que não havia ouro algum, nem prata, na verdade, não havia nenhum tipo de tesouro, apenas uma criancinha adormecida.

E um deles disse para o outro, "Este é um amargo fim para a nossa esperança e não temos nem boa sorte, pois qual é o lucro de um filho para um homem? Vamos deixá-lo aqui e seguir o nosso caminho, visto que somos pobres e temos nossos próprios filhos de quem não devemos tirar o pão para dar para um outro."

Mas o seu companheiro respondeu-lhe, "Não, seria uma maldade deixar a criança para perecer aqui na neve e mesmo sendo eu tão pobre quanto a ti e tendo muitas bocas para alimentar, apesar do pouco que há na panela, ainda assim levá-la-ei comigo para casa e minha esposa cuidará dela."

So very tenderly he took up the child, and wrapped the cloak around it to shield it from the harsh cold, and made his way down the hill to the village, and his comrade marvelling much at his foolishness and softness of heart.

And when they came to the village, his comrade said to him, "Thou hast the child, therefore give me the cloak, for it is meet that we should share."

But he answered him, "Nay, for the cloak is neither mine nor thine, but the child's only", and he bade him Godspeed, and went to his own house and knocked.

And when his wife opened the door and saw that her husband had returned safe to her, she put her arms round his neck and kissed him, and took from his back the bundle of faggots, and brushed the snow off his boots, and bade him come in.

But he said to her, "I have found something in the forest, and I have brought it to thee to have care of it", and he stirred not from the threshold.

"What is it?", she cried. "Show it to me, for the house is bare, and we have need of many things." And he drew the cloak back, and showed her the sleeping child.

"Alack, goodman!", she murmured, "have we

Então ele pegou a criança afetuosamente, envolveu o manto ao redor para protegê-la do frio cortante e tomou o seu caminho colina abaixo até o vilarejo; e o seu companheiro estava muito admirado com a sua tolice e com a docilidade do seu coração.

E quando eles chegaram ao vilarejo, o seu companheiro disse-lhe, "Tu tens a criança, portanto dá-me o manto, pois é necessário que nós partilhemos."

Mas ele respondeu-lhe, "Não, pois o manto não é nem meu tão pouco teu, é só da criança", e desejou-lhe Boa Sorte e seguiu para a sua própria casa e bateu.

E quando a sua esposa abriu a porta e viu que o seu marido retornara-lhe a salvo, pôs os seus braços ao redor do pescoço dele e beijou-o, e tirou das suas costas o fardo de feixes, e escovou a neve das suas botas, e mandou que ele entrasse.

Mas ele disse para ela, "Encontrei algo na floresta e trouxe-lhe para que tu cuides dele", e ele não se moveu do solado da porta.

"O que é?", ela exclamou, "Mostre-me, pois a casa está vazia e temos necessidade de muitas coisas". E ele puxou o manto para fora e mostrou-lhe a criança adormecida.

"Por Deus, bom homem!", ela murmurou, "não

not children of our own, that thou must needs bring a changeling[1] to sit by the hearth? And who knows if it will not bring us bad fortune? And how shall we tend it?" And she was wroth against him.

"Nay, but it is a Star-Child", he answered; and he told her the strange manner of the finding of it.

But she would not be appeased, but mocked at him, and spoke angrily, and cried, "Our children lack bread, and shall we feed the child of another? Who is there who careth for us? And who giveth us food?"

"Nay, but God careth for the sparrows even, and feedeth them", he answered.

"Do not the sparrows die of hunger in the winter?" she asked. "And is it not winter now?"

And the man answered nothing, but stirred not from the threshold.

And a bitter wind from the forest came in through the open door, and made her tremble, and she shivered, and said to him, "Wilt thou not close the door? There cometh a bitter wind into the house, and I am cold."

"Into a house where a heart is hard cometh there not always a bitter wind?", he asked. And the woman answered him nothing, but crept closer to the fire.

1   According to the legend of some countries, fairies and elves used to kidnap human children and exchange them for enchanted ones.

temos nossos próprios filhos para que necessites trazer-nos uma criança trocada[1] para sentar-se à lareira? E quem sabe se ela não nos trará má sorte? E como iremos sustentá-la?" E ela estava furiosa com ele.

"Não, este é um Filho-da-Estrela", respondeu, e contou-lhe a estranha maneira como encontraram-no.

Mas ela não ficou satisfeita, mas zombou dele, e esbravejou com raiva e então disse, "Nossos filhos carecem de pão e devemos alimentar a criança de outro? Quem cuidará de nós? Quem dar-nos-á comida?"

"Não, Deus cuida até dos pardais e os alimenta", ele respondeu.

"Os pardais não morrem de fome durante o inverno?", perguntou ela. "E não é inverno agora?"

E o homem não respondeu nada, mas não se moveu do solado da porta.

E um vento cortante entrou pela porta aberta a vir da floresta, e fez com que a mulher estremecesse com um calafrio, e ela disse para ele, "Não vais fechar a porta? Está entrando um vento cortante na casa e estou com frio."

"Numa casa onde um coração é duro não entra sempre um vento cortante?", perguntou ele. E a mulher não lhe respondeu, apenas arrastou-se para perto do fogo.

1   Segundo a lenda de alguns países, fadas e duendes costumavam raptar crianças humanas e trocá-las por outras encantadas.

And after a time she turned round and looked at him, and her eyes were full of tears. And he came in swiftly, and placed the child in her arms, and she kissed it, and laid it in a little bed where the youngest of their own children was lying. And on the morrow the Woodcutter took the curious cloak of gold and placed it in a great chest, and a chain of amber that was round the child's neck his wife took and set it in the chest also.

So the Star-Child was brought up with the children of the Woodcutter, and sat at the same board with them, and was their playmate. And every year he became more beautiful to look at, so that all those who dwelt in the village were filled with wonder, for, while they were swarthy and black-haired, he was white and delicate as sawn ivory, and his curls were like the rings of the daffodil. His lips, also, were like the petals of a red flower, and his eyes were like violets by a river of pure water, and his body like the narcissus of a field where the mower comes not.

Yet did his beauty work him evil. For he grew proud, and cruel, and selfish. The children of the

E depois de um tempo ela voltou-se e olhou para ele e os olhos dela estavam repletos de lágrimas. E ele entrou rapidamente e colocou a criança nos braços dela e ela beijou-a e deitou-a na caminha na qual o mais novo dos filhos deles estava dormindo. E pela manhã o Lenhador pegou o curioso manto de ouro e guardou-o dentro de uma grande arca; e a corrente de âmbar que estava ao redor do pescoço da criança, a esposa tirou e pôs na arca também.

Assim o Filho-da-Estrela cresceu junto com os filhos do Lenhador e sentou-se à mesma mesa com eles e foi o seu companheiro de brincadeiras. E a cada ano tornava-se mais belo de ver-se e todos os que viviam no vilarejo encheram-se de espanto, pois, enquanto eram todos morenos de cabelos negros, ele era branco e delicado como uma placa de marfim e os seus cachos eram como anéis de narciso. Seus lábios eram como pétalas de flores vermelhas, os seus olhos como violetas de um rio de água pura e o seu corpo como o narciso num campo onde o ceifador não entrara.

Contudo, a beleza fê-lo perverso, pois ele cresceu orgulhoso, cruel e egoísta. Aos filhos do Lenhador,

Woodcutter, and the other children of the village, he despised, saying that they were of mean parentage, while he was noble, being sprang from a Star, and he made himself master over them, and called them his servants. No pity had he for the poor, or for those who were blind or maimed or in any way afflicted, but would cast stones at them and drive them forth on to the highway, and bid them beg their bread elsewhere, so that none save the outlaws came twice to that village to ask for alms. Indeed, he was as one enamoured of beauty, and would mock at the weakly and ill-favoured, and make jest of them; and himself he loved, and in summer, when the winds were still, he would lie by the well in the priest's orchard and look down at the marvel of his own face, and laugh for the pleasure he had in his fairness.

Often did the Woodcutter and his wife chide him, and say, "We did not deal with thee as thou dealest with those who are left desolate, and have none to succour them. Wherefore art thou so cruel to all who need pity?"

Often did the old priest send for him, and seek to teach him the love of living things, saying to him, "The fly is thy brother. Do it no harm. The wild birds that roam through the forest have their freedom.

e às outras crianças do vilarejo, ele menosprezava, dizendo serem eles de ascendência inferior enquanto ele era nobre, tendo brotado duma Estrela e ele fez-se líder deles a quem chamava-os de servos. Não tinha nenhuma piedade pelos pobres ou por todos aqueles que eram cegos, mutilados ou aflitos de algum modo, pelo contrário, atirava-lhes pedras e punha-os para fora na estrada a pedir-lhes que implorassem por pão em outro lugar, de modo que ninguém, exceto os proscritos voltavam duas vezes a essa aldeia para pedir esmolas. Na verdade, ele era apaixonado pela beleza e zombava dos fracos e dos feios, e ridicularizava-os; e a si mesmo ele amava e no verão, quando os ventos sossegavam, deitava-se ao lado da nascente no pomar do clérigo e admirava o seu maravilhoso rosto e ria com o prazer que dava-lhe a sua própria formosura.

Com frequência o Lenhador e a sua esposa repreendiam-no e diziam, "Nós não o tratamos como tu tratas aqueles que foram abandonados e que não têm ninguém para socorrê-los. Por que és tão cruel com aqueles que necessitam de piedade?"

Com frequência o velho padre mandava buscá-lo e procurava-o ensinar o amor pelos seres vivos dizendo-lhe, "A mosca é a tua irmã. Não lhes cause dano. Os pássaros silvestres que vagueiam pela floresta têm a

Snare them not for thy pleasure. God made the blind-worm and the mole, and each has its place. Who art thou to bring pain into God's world? Even the cattle of the field praise Him."

But the Star-Child heeded not their words, but would frown and flout, and go back to his companions, and lead them. And his companions followed him, for he was fair, and fleet of foot, and could dance, and pipe, and make music. And wherever the Star-Child led them they followed, and whatever the Star-Child bade them do, that did they. And when he pierced with a sharp reed the dim eyes of the mole, they laughed, and when he cast stones at the leper they laughed also. And in all things he ruled them, and they became hard of heart even as he was.

Now there passed one day through the village a poor beggar-woman. Her garments were torn and ragged, and her feet were bleeding from the rough road on which she had travelled, and she was in very evil plight. And being weary she sat her down under a chestnut-tree to rest.

própria liberdade. Não os aprisione para o teu prazer. Deus fez a cobra-cega e a toupeira e cada um tem o seu lugar. Quem és para que tragas dor ao mundo de Deus? Até mesmo o gado dos campos louvam-No."

Mas o Filho-da-Estrela não prestava atenção às palavras dele, apenas fazia uma carranca e zombava e voltava para os companheiros a quem liderava. E os seus companheiros seguiam-no, pois ele era belo, tinha pés rápidos e sabia dançar, tocar a flauta e compor músicas. E para onde quer que o Filho-da-Estrela guiasse-os, eles seguiam-no e o que quer que o Filho-da-Estrela ordenasse que fizessem, eles faziam. Ao perfurar com uma vara pontiaguda os olhos escuros da toupeira, eles riram, e ao atirar pedras no leproso, riram também. Em todas as coisas ele comandava-os e tornaram-se duros de coração quanto ele era.

E eis que um dia passou pelo vilarejo uma pobre mendiga. Os seus trajes estavam puídos e esfarrapados, os seus pés sangravam devido à estrada dura pela qual viajara e estava em péssima condição. E fatigada, ela sentou-se sob um castanheiro para descansar.

But when the Star-Child saw her, he said to his companions, "See! There sitteth a foul beggar-woman under that fair and green-leaved tree. Come, let us drive her hence, for she is ugly and ill-favoured."

So he came near and threw stones at her, and mocked her, and she looked at him with terror in her eyes, nor did she move her gaze from him. And when the Woodcutter, who was cleaving logs in a haggard hard by, saw what the Star-Child was doing, he ran up and rebuked him, and said to him, "Surely thou art hard of heart and knowest not mercy, for what evil has this poor woman done to thee that thou shouldst treat her in this wise?"

And the Star-Child grew red with anger, and stamped his foot upon the ground, and said, "Who art thou to question me what I do? I am no son of thine to do thy bidding!"

"Thou speakest truly", answered the Woodcutter, "yet did I show thee pity when I found thee in the forest."

And when the woman heard these words she gave a loud cry, and fell into a swoon. And the Woodcutter carried her to his own house, and his wife had care of her, and when she rose up from the swoon into

Porém o Filho-da-Estrela viu-a e disse aos seus companheiros, "Vejam! Senta-se ali uma mendiga imunda sob aquela árvore de folhas belas e viçosas. Venham, vamos tirá-la daqui, pois é feia e repulsiva."

Então ele aproximou-se e atirarou-lhe pedras e zombou dela; e ela olhou para ele com terror em seus olhos, mas não afastou o olhar dele. E quando o Lenhador, que estava rachando lenha numa clareira próxima dali, viu o que o Filho-da-Estrela estava fazendo, correu e repreendeu-o e disse-lhe, "Certamente tu és duro de coração e não conheces misericórdia, pois que mal fez-te esta pobre mulher para que trate-a deste modo?"

E o Filho-da-Estrela ficou vermelho de raiva, bateu com os seus pés no chão e disse, "Quem és tu para questionar-me o que eu faço? Não sou o teu filho para obedecer às tuas ordens!"

"Tu falas a verdade", respondeu o Lenhador, "ainda assim eu demonstrei-te misericórdia quando encontrei-te na floresta."

E quando a mulher ouviu essas palavras deu um grito alto e caiu no chão desmaiada. E o Lenhador carregou-a para dentro da sua casa e a sua esposa cuidou dela; e quando ela recobrou-se do desmaio

which she had fallen, they set meat and drink before her, and bade her have comfort.

But she would neither eat nor drink, but said to the Woodcutter, 'Didst thou not say that the child was found in the forest? And was it not ten years from this day?"

And the Woodcutter answered, 'Yea, it was in the forest that I found him, and it is ten years from this day.'

"And what signs didst thou find with him?", she cried. "Bare he not upon his neck a chain of amber? Was not round him a cloak of gold tissue broidered with stars?"

"Truly", answered the Woodcutter, "it was even as thou sayest". And he took the cloak and the amber chain from the chest where they lay, and showed them to her.

And when she saw them she wept for joy, and said, "He is my little son whom I lost in the forest. I pray thee send for him quickly, for in search of him have I wandered over the whole world."

So the Woodcutter and his wife went out and called to the Star-Child, and said to him, "Go into the house, and there shalt thou find thy mother, who is waiting for thee."

que ela sofrera, eles puseram comida e bebida diante dela e ofereceram-lhe conforto.

Contudo ela não comeu tão pouco bebeu, mas apenas falou para o Lenhador, "Tu dissestes que aquela criança foi encontrada na floresta? E isso não ocorreu há dez anos a partir deste dia?"

E o Lenhador respondeu, "Sim, foi na floresta que eu encontrei-a e isso ocorreu há dez anos a partir deste dia."

"E quais os sinais que encontras-te com ela?", clamou ela. "Não trazia ela uma corrente de âmbar no seu pescoço? Não estava ela envolta num manto de tecido de ouro bordado com estrelas?"

"Verdade", respondeu o Lenhador, "aconteceu exatamente como tu dizes". E ele retirou o manto e a corrente de âmbar de dentro da arca na qual repousavam e mostrou-os a ela.

E ao vê-los, ela chorou de contentamento e disse, "Ele é o meu filhinho que eu perdi na floresta. Rogo-te que mandes buscá-lo imediatamente, pois à sua procura eu tenho vagueado pelo mundo todo."

Então o Lenhador e a sua esposa saíram e chamaram pelo Filho-da-Estrela, e disseram-lhe, "Entre na casa e lá tu encontrarás a tua mãe que está esperando por ti."

So he ran in, filled with wonder and great gladness. But when he saw her who was waiting there, he laughed scornfully and said, "Why, where is my mother? For I see none here but this vile beggar-woman."

And the woman answered him, "I am thy mother."

"Thou art mad to say so", cried the Star-Child angrily. "I am no son of thine, for thou art a beggar, and ugly, and in rags. Therefore get thee hence, and let me see thy foul face no more."

"Nay, but thou art indeed my little son, whom I bare in the forest", she cried, and she fell on her knees, and held out her arms to him. "The robbers stole thee from me, and left thee to die", she murmured, "but I recognised thee when I saw thee, and the signs also have I recognised, the cloak of golden tissue and the amber chain. Therefore I pray thee come with me, for over the whole world have I wandered in search of thee. Come with me, my son, for I have need of thy love."

But the Star-Child stirred not from his place, but shut the doors of his heart against her, nor was there any sound heard save the sound of the woman weeping for pain.

Então ele correu para dentro, cheio de espanto e de grande contentamento. Mas quando ele viu quem estava esperando lá, riu com desprezo e disse, "Mas oras, onde está a minha mãe? Pois eu não vejo ninguém aqui além desta vil mendiga."

E a mulher respondeu-lhe, "Eu sou a tua mãe."

"Estás louca por dizeres isso", gritou com raiva o Filho-da-Estrela. "Não sou o teu filho, pois tu és uma mendiga, feia e esfarrapada. Portanto sai daqui e não me deixes nunca mais ver a tua face imunda."

"Não, tu és de verdade o meu filhinho a quem eu perdi na floresta", exclamou ela a cair sobre os seus joelhos, e envolveu-o com os seus braços. "Ladrões roubaram-te de mim e depois abandonaram-te para que morresses", murmurou ela, "mas eu reconheci-te assim que eu vi-te e também aos sinais eu reconheci, o manto tecido de ouro e a corrente de âmbar. Portanto rogo-te que acompanhe-me, pois pelo mundo inteiro tenho procurado por ti. Vem comigo, meu filho, porque tenho necessidade do teu amor."

Mas o Filho-da-Estrela não se moveu do seu lugar, mas fechou as portas do seu coração contra ela e nenhum som ouviu-se senão o som da mulher chorando de dor.

And at last he spoke to her, and his voice was hard and bitter. "If in very truth thou art my mother", he said, "it had been better hadst thou stayed away, and not come here to bring me to shame, seeing that I thought I was the child of some Star, and not a beggar's child, as thou tellest me that I am. Therefore get thee hence, and let me see thee no more."

"Alas! my son", she cried, "wilt thou not kiss me before I go? For I have suffered much to find thee."

"Nay", said the Star-Child, "but thou art too foul to look at, and rather would I kiss the adder or the toad than thee."

So the woman rose up, and went away into the forest weeping bitterly, and when the Star-Child saw that she had gone, he was glad, and ran back to his playmates that he might play with them.

But when they beheld him coming, they mocked him and said, "Why, thou art as foul as the toad, and as loathsome as the adder. Get thee hence, for we will not suffer thee to play with us", and they drave him out of the garden.

And the Star-Child frowned and said to himself, "What is this that they say to me? I will go to the well of water and look into it, and it shall tell me of my beauty."

E por fim ele falou com ela e a sua voz era dura e amarga. "Se na verdade tu és minha mãe", disse, "seria melhor que tivesse-te mantido longe e não viesse aqui para trazer-me vergonha, visto que eu pensava ser o filho de alguma Estrela e não o filho de uma mendiga como dize-me que eu sou. Por isso saia-te daqui e não permitas que eu veja-te novamente."

"Ah! meu filho", exclamou ela, "não vais beijar-me antes de eu ir? Pois muito sofri para encontrar-te".

"Não", disse o Filho-da-Estrela, "pois és muito repulsiva de se ver e antes eu beijasse uma serpente ou um sapo a ti."

Assim a mulher ergueu-se e enveredou pela floresta, chorando amargamente; e quando o Filho-da-Estrela viu que ela já tinha partido, alegrou-se e correu de volta para os seus companheiros para brincar com eles.

Mas quando eles viram-no chegar, zombaram dele e disseram, "Oras, tu és tão horrendo quanto o sapo e tão repulsivo quanto a serpente. Vai-te daqui, porque não toleraremos que brinques conosco", e expulsaram-no do jardim.

E o Filho-da-Estrela franziu a testa e disse para si mesmo, "O que é isto que eles dizem para mim? Irei até o poço de água e olharei para dentro dele e ele contar-me-á sobre a minha beleza."

So he went to the well of water and looked into it, and lo! his face was as the face of a toad, and his body was sealed like an adder. And he flung himself down on the grass and wept, and said to himself, "Surely this has come upon me by reason of my sin. For I have denied my mother, and driven her away, and been proud, and cruel to her. Wherefore I will go and seek her through the whole world, nor will I rest till I have found her."

And there came to him the little daughter of the Woodcutter, and she put her hand upon his shoulder and said, "What doth it matter if thou hast lost thy comeliness? Stay with us, and I will not mock at thee."

And he said to her, "Nay, but I have been cruel to my mother, and as a punishment has this evil been sent to me. Wherefore I must go hence, and wander through the world till I find her, and she give me her forgiveness."

So he ran away into the forest and called out to his mother to come to him, but there was no answer. All day long he called to her, and, when the sun set he lay down to sleep on a bed of leaves, and the birds and the animals fled from him, for they remembered his cruelty, and he was alone save for the toad that watched him, and the slow adder that crawled past.

Então ele foi até o poço de água e olhou para dentro dela e, vejam!, o seu rosto era igual a de um sapo e o seu corpo tinha escamas como o corpo de uma serpente. E ele afundou-se na relva chorando, e disse para si mesmo, "Certamente isso recaiu sobre mim por causa do meu pecado, pois reneguei a minha mãe e mandei-a embora, fui soberbo e cruel com ela. Por isso, irei procurá-la por todo o mundo e não descansarei enquanto não a encontrar."

E chegando-lhe a filhinha do Lenhador, ela pôs a sua mão sobre o ombro dele e disse, "Mas o que importa se perdeste a tua beleza? Fica conosco e não zombarei de ti."

E ele disse para ela, "Não, eu fui cruel com a minha mãe e como um castigo este mal foi enviado para mim. Por isso eu devo seguir por aí e vaguear pelo mundo todo até que eu encontre-a e ela dê-me o seu perdão."

Então correu para a floresta e gritou para que a sua mãe viesse até ele, mas não obteve resposta. Durante o dia todo chamou por ela e, quando o sol pôs-se, deitou-se numa cama de folhas para dormir; e os pássaros e os animais fugiram dele, pois lembraram-se das suas crueldades e ele ficou sozinho, salvo pelo sapo que observava-o e duma vagarosa serpente que rastejava.

And in the morning he rose up, and plucked some bitter berries from the trees and ate them, and took his way through the great wood, weeping sorely. And of everything that he met he made inquiry if perchance they had seen his mother.

He said to the Mole, "Thou canst go beneath the earth. Tell me, is my mother there?"

And the Mole answered, "Thou hast blinded mine eyes. How should I know?"

He said to the Linnet, "Thou canst fly over the tops of the tall trees, and canst see the whole world. Tell me, canst thou see my mother?"

And the Linnet answered, "Thou hast clipt my wings for thy pleasure. How should I fly?"

And to the little Squirrel who lived in the fir-tree, and was lonely, he said, "Where is my mother?"

And the Squirrel answered, "Thou hast slain mine. Dost thou seek to slay thine also?"

And the Star-Child wept and bowed his head, and prayed forgiveness of God's things, and went on through the forest, seeking for the beggar-woman. And on the third day he came to the other side of the forest and went down into the plain.

E pela manhã ele levantou-se e apanhou das árvores algumas bagas amargas e comeu-as e, ao tomar o seu caminho através da grande floresta, chorou compulsivamente. E a todos a quem ele encontrou, fez perguntas se por acaso tinham visto a sua mãe.

Disse para a Toupeira, "Tu podes ir para debaixo da terra. Diz-me, viste a minha mãe por lá?"

E a Toupeira respondeu, "Tu cegaste os meus olhos. Como poderia eu saber?"

Disse ao Pintarroxo, "Tu podes voar sobre o topo das árvores altas e podes avistar o mundo todo. Diz-me, podes ter visto a minha mãe?"

E o Pintarroxo respondeu, "Tu cortaste as minhas asas para a tua diversão. Como poderia eu voar?"

E para o Esquilinho que vive no abeto e estava solitário, ele disse, "Onde está minha mãe?"

E o Esquilo respondeu, "Tu mataste a minha mãe. Procuras a tua para matá-la também?"

E o Filho-da-Estrela chorou e curvou a sua cabeça e rezou para que o Deus de todas as coisas perdoasse-o, e seguiu pela floresta, procurando pela mendiga. E no terceiro dia ele chegou ao outro lado da floresta e desceu até a planície.

And when he passed through the villages the children mocked him, and threw stones at him, and the carlots would not suffer him even to sleep in the byres lest he might bring mildew on the stored corn, so foul was he to look at, and their hired men drave him away, and there was none who had pity on him. Nor could he hear anywhere of the beggar-woman who was his mother, though for the space of three years he wandered over the world, and often seemed to see her on the road in front of him, and would call to her, and run after her till the sharp flints made his feet to bleed. But overtake her he could not, and those who dwelt by the way did ever deny that they had seen her, or any like to her, and they made sport of his sorrow.

For the space of three years he wandered over the world, and in the world there was neither love nor loving-kindness nor charity for him, but it was even such a world as he had made for himself in the days of his great pride.

And one evening he came to the gate of a strong-

E ao passar pelos vilarejos, as crianças zombavam dele e atiravam-lhe pedras; e os aldeões não permitiam sequer que ele dormisse nos estábulos, pois ele poderia trazer mofo para o milho armazenado, de tão horrendo que era olhar para ele; e os seus empregados puseram-no para fora e não havia ninguém que compadecesse dele. Em nenhum lugar conseguia obter notícias sobre a mendiga que era a sua mãe, apesar de ter vagueado por três longos anos pelo mundo; com frequência tinha a impressão de vê-la na estrada à sua frente, e chamava por ela, e corria atrás dela até que os pedregulhos afiados fizessem os seus pés sangrarem. Mas não conseguia alcançá-la, e aqueles que moravam à beira da estrada negavam terem-na visto ou a alguém parecido com ela e escarneciam do seu sofrimento.

Ao longo de três anos vagueou pelo mundo e no mundo não havia nem amor, nem bondade tão pouco caridade para ele, porém era um mundo semelhante a esse que fizera para si nos dias da sua grande soberba.

E numa noite ele chegou aos portões de uma cida-

walled city that stood by a river, and, weary and footsore though he was, he made to enter in. But the soldiers who stood on guard dropped their halberts across the entrance, and said roughly to him, "What is thy business in the city?"

"I am seeking for my mother", he answered, "and I pray ye to suffer me to pass, for it may be that she is in this city."

But they mocked at him, and one of them wagged a black beard, and set down his shield and cried, "Of a truth, thy mother will not be merry when she sees thee, for thou art more ill-favoured than the toad of the marsh, or the adder that crawls in the fen. Get thee gone. Get thee gone. Thy mother dwells not in this city."

And another, who held a yellow banner in his hand, said to him, "Who is thy mother, and wherefore art thou seeking for her?"

And he answered, "My mother is a beggar even as I am, and I have treated her evilly, and I pray ye to suffer me to pass that she may give me her forgiveness, if it be that she tarrieth in this city."

But they would not, and pricked him with their spears.

de fortemente murada que ficava ao lado de um rio, e, fatigado e com os pés feridos como estavam, tentou entrar nela. Mas os soldados que estavam de guarda puseram as alabardas cruzadas em frente à entrada e disseram asperamente, "O que queres nesta cidade?"

"Procuro por minha mãe", respondeu, "e rogo para que vós permitais que eu passe, pois pode ser que ela esteja nessa cidade."

Mas eles zombaram dele e um daqueles guardas, sacudindo a barba negra, baixou o seu escudo e gritou, "Na verdade, a tua mãe não se alegrará ao ver-te, porque tu és mais horrendo do que o sapo do pântano, ou do que a serpente que rasteja sobre o feno. Vai-te embora. Vai-te embora. A tua mãe não habita nesta cidade."

E o outro que segurava uma bandeira amarela nas suas mãos disse para ele, "Quem é a tua mãe e por que estás procurando por ela?"

E ele respondeu, "A minha mãe é uma mendiga igual a mim e tratei-a com maldade; rogo-te que permita-me passar pois, caso ela esteja demorando-se nesta cidade, preciso que dê-me o seu perdão."

Mas eles não permitiram e cutucaram-no com as suas lanças.

And, as he turned away weeping, one whose armour was inlaid with gilt flowers, and on whose helmet couched a lion that had wings, came up and made inquiry of the soldiers who it was who had sought entrance. And they said to him, "It is a beggar and the child of a beggar, and we have driven him away."

"Nay", he cried, laughing, "but we will sell the foul thing for a slave, and his price shall be the price of a bowl of sweet wine."

And an old and evil-visaged man who was passing by called out, and said, "I will buy him for that price", and, when he had paid the price, he took the Star-Child by the hand and led him into the city.

And after that they had gone through many streets they came to a little door that was set in a wall that was covered with a pomegranate tree. And the old man touched the door with a ring of graved jasper and it opened, and they went down five steps of brass into a garden filled with black poppies and green jars of burnt clay. And the old man took then from his turban a scarf of figured silk, and bound with it the eyes of the Star-Child, and drave him in front of him. And when the scarf was taken off his eyes, the Star-Child found himself in a dungeon, that was lit by a lantern of horn.

E enquanto ele afastou-se chorando, alguém cuja armadura incrustada de flores de ouro e cujo elmo ostentava um leão alado, chegou e perguntou aos soldados quem era aquele que procurava entrar. E eles disseram-lhe, "É um mendigo, o filho de uma mendiga, e nós mandamo-lo embora daqui."

"Não", exclamou ele, a rir, "mas vamos vender essa coisa horrorosa como um escravo e o seu preço será o mesmo que o de uma garrafa de vinho doce."

E um homem velho e malvado, que estava a passar, gritou e disse, "Comprá-lo-ei por esse preço", e, depois que ele havia pago o valor, tomou o Filho-da-Estrela pelas mãos e levou-o para dentro da cidade.

E depois de terem atravessado muitas ruas, chegaram a uma pequena porta que estava colocada num muro coberto por uma romãzeira. O homem velho tocou a porta com um anel de jaspe lapidado e ela abriu; desceram cinco degraus de bronze junto de um jardim repleto de papoulas negras e vasos verdes de barro queimado. E o homem velho tirou do turbante um lenço de seda desenhado e vendou os olhos do Filho-da-Estrela e levou-o na frente dele. E quando o lenço foi retirado dos seus olhos, o Filho-da-Estrela encontrou-se dentro de uma masmorra que era iluminada por uma lanterna de chifre.

And the old man set before him some mouldy bread on a trencher and said, "Eat", and some brackish water in a cup and said, "Drink", and when he had eaten and drunk, the old man went out, locking the door behind him and fastening it with an iron chain.

And on the morrow the old man, who was indeed the subtlest of the magicians of Libya and had learned his art from one who dwelt in the tombs of the Nile, came in to him and frowned at him, and said, "In a wood that is nigh to the gate of this city of *Giaours*[2] there are three pieces of gold. One is of white gold, and another is of yellow gold, and the gold of the third one is red. Today thou shalt bring me the piece of white gold, and if thou bringest it not back, I will beat thee with a hundred stripes. Get thee away quickly, and at sunset I will be waiting for thee at the door of the garden. See that thou bringest the white gold, or it shall go ill with thee, for thou art my slave, and I have bought thee for the price of a bowl of sweet wine." And he bound the eyes of the Star-Child with the scarf of figured silk, and led him through the house, and

2   Giaour (a Turkish adaptation for the Persian word gdwr, whose meaning is "infidel") is a word used by the Turks to describe all those who are not Muslim, with special reference to Christians. The word, first used as a term of contempt and reproof, has become so common that, in most cases, no insult is referred for its use nowaday.

O homem velho pôs diante dele um pedaço de pão embolorado sobre uma tábua e disse, "Coma", e um pouco de água salobra num copo e disse, "Beba"; e quando comeu e bebeu, o homem velho saiu, trancou a porta atrás de si e cruzou-a com uma corrente de ferro.

E no dia seguinte o homem velho, que era de fato o mais astuto dos feiticeiros da Líbia e tinha aprendido a sua arte com uma pessoa que habitava as tumbas do Nilo, veio até ele, franziu o cenho, e disse, "Em uma floresta que está próxima do portão desta cidade de *Giaours*[2] existem três peças de ouro. Uma delas é de ouro branco; a segunda é de ouro amarelo e o ouro da terceira delas é vermelho. Hoje tu deves trazer-me a peça feita de ouro branco, e se não a trouxeres, dar--te-ei cem chicotadas. Vai-te rapidamente, e ao pôr do sol esperarei por ti na porta do jardim. Vê que tragas a peça de ouro branco ou envenenar-te-ei, pois tu és o meu escravo e comprei-te pelo preço de uma taça de vinho doce." E ele vendou os olhos do Filho-da--Estrela com o lenço de seda desenhado e conduziu--o através da casa e através do jardim de papoulas e

---

2   Giaour (uma adaptação turca para a palavra persa gdwr, significando "infiel") é uma palavra usada pelos turcos para descrever todos aqueles que não são muçulmanos, com referência especial aos cristãos. A palavra, empregada pela primeira vez como um termo de desprezo e reprovação, tornou-se tão comum que, na maioria dos casos, nenhum insulto refere-se mais ao seu uso.

through the garden of poppies, and up the five steps of brass. And having opened the little door with his ring he set him in the street.

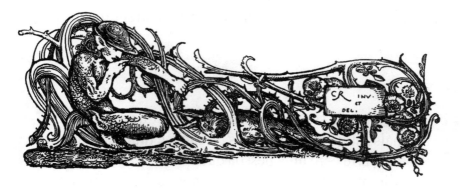

And the Star-Child went out of the gate of the city, and came to the wood of which the Magician had spoken to him.

Now this wood was very fair to look at from without, and seemed full of singing birds and of sweet-scented flowers, and the Star-Child entered it gladly. Yet did its beauty profit him little, for wherever he went harsh briars and thorns shot up from the ground and encompassed him, and evil nettles stung him, and the thistle pierced him with her daggers, so that he was in sore distress. Nor could he anywhere find the piece of white gold of which the Magician

subiu os cinco degraus de bronze. E tendo aberto a pequena porta com o seu anel, ele pôs o menino para fora na rua.

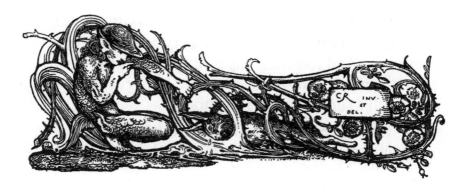

E o Filho-da-Estrela saiu pelo portão da cidade e chegou até a floresta da qual o Feiticeiro havia-lhe falado.

Ora, aquela floresta era muito bela de se ver por fora e parecia repleta de pássaros cantantes e flores docemente perfumadas e nela o Filho-da-Estrela entrou alegremente. Mas, a beleza trazia pouco benefício, pois por onde quer que fosse, espinhos e ásperas roseiras--bravas saltavam do solo e cercavam-no; urtigas ruins picavam-no e cardos espinhosos furavam-no como facas, causando-lhe doloroso sofrimento. Em parte alguma pôde encontrar a moeda de ouro branco que o

had spoken, though he sought for it from morn to noon, and from noon to sunset. And at sunset he set his face towards home, weeping bitterly, for he knew what fate was in store for him.

But when he had reached the outskirts of the wood, he heard from a thicket a cry as of some one in pain. And forgetting his own sorrow he ran back to the place, and saw there a little Hare caught in a trap that some hunter had set for it.

And the Star-Child had pity on it, and released it, and said to it, "I am myself but a slave, yet may I give thee thy freedom."

And the Hare answered him, and said: 'Surely thou hast given me freedom, and what shall I give thee in return?'

And the Star-Child said to it, "I am seeking for a piece of white gold, nor can I anywhere find it, and if I bring it not to my master he will beat me."

"Come thou with me", said the Hare, "and I will lead thee to it, for I know where it is hidden, and for what purpose."

So the Star-Child went with the Hare, and lo! in the cleft of a great oak-tree he saw the piece of white gold that he was seeking. And he was filled with joy,

Feiticeiro falara, ainda que procurasse por ela do amanhecer até a noite, e da noite até o nascer do sol. No alvorecer voltou o rosto em direção de casa, chorando amargamente, pois sabia do destino reservado para ele.

Mas quando ele atingiu os limiares da floresta, escutou, vindo de dentro de uma moita, um grito de dor. E esquecendo a sua própria tristeza, correu de volta àquele lugar e viu uma pequena Lebre presa numa armadilha deixada ali por algum caçador.

O Filho-da-Estrela sentiu pena dela e libertou-a, e disse-lhe, "Eu mesmo não passo de um escravo, mas ainda assim eu posso dar-te a tua liberdade."

E a Lebre respondeu-lhe e disse, "Certamente tu deste-me a liberdade e o que devo eu dar-te em retribuição?"

E o Filho-da-Estrela disse, "Estou a procurar de uma peça de ouro branco, mas não consigo encontrá-la e se não levá-la ao meu mestre, ele baterá em mim."

"Vem-te comigo", disse a Lebre, "e guiar-te-ei até ela, pois eu sei onde ela está escondida e com qual finalidade."

Então o Filho-da-Estrela foi com a Lebre e eis que na fenda de um carvalho viu a peça de ouro que estava procurando. E ficou cheio de alegria, agarrou-

and seized it, and said to the Hare, "The service that I did to thee thou hast rendered back again many times over, and the kindness that I showed thee thou hast repaid a hundred-fold."

"Nay", answered the Hare, "but as thou dealt with me, so I did deal with thee", and it ran away swiftly, and the Star-Child went towards the city.

Now at the gate of the city there was seated one who was a leper. Over his face hung a cowl of grey linen, and through the eyelets his eyes gleamed like red coals. And when he saw the Star-Child coming, he struck upon a wooden bowl, and clattered his bell, and called out to him, and said, "Give me a piece of money, or I must die of hunger. For they have thrust me out of the city, and there is no one who has pity on me."

"Alas!", cried the Star-Child, "I have but one piece of money in my wallet, and if I bring it not to my master he will beat me, for I am his slave."

But the leper entreated him, and prayed of him, till the Star-Child had pity, and gave him the piece of white gold.

And when he came to the Magician's house, the Magician opened to him, and brought him in, and

-a e disse para a Lebre, "O serviço que prestei-te tu retornaste-me muitas e muitas vezes, e a bondade que demonstrei para contigo, devolveste-me cem vezes em dobro."

"Não", respondeu a Lebre, "da maneira que tu trataste-me eu tratei-te", e correu para longe agilmente; e o Filho-da-Estrela partiu na direção da cidade.

Ora, à entrada da cidade estava sentado alguém que era um leproso. Sobre o seu rosto pendia um capuz de linho cinza e pela abertura deste os seus olhos cintilavam tal qual um carvão em brasa. E quando ele viu o Filho-da-Estrela chegando, golpeou sobre uma tigela de madeira, retiniu o seu sino, chamou alto por ele e disse, "Dá-me uma moeda de dinheiro ou eu morrerei de fome. Pois eles expulsaram-me da cidade e não há ninguém que compadeça-se de mim."

"Ai de mim!", gritou o Filho-da-Estrela, "tenho só uma peça de dinheiro na minha bolsa e se não a levar a meu mestre, ele bater-me-á, pois sou o seu escravo."

Mas o leproso implorou-lhe, e suplicou-lhe, até que o Filho-da-Estrela se compadecesse e desse para ele a peça de ouro branco.

E quando ele chegou à casa do Feiticeiro, este abriu-lhe a porta, trouxe-o para dentro e disse, "Tens

said to him, "Hast thou the piece of white gold?" And the Star-Child answered, "I have it not." So the Magician fell upon him, and beat him, and set before him an empty trencher, and said, "Eat", and an empty cup, and said, "Drink", and flung him again into the dungeon.

And on the morrow the Magician came to him, and said, "If today thou bringest me not the piece of yellow gold, I will surely keep thee as my slave, and give thee three hundred stripes."

So the Star-Child went to the wood, and all day long he searched for the piece of yellow gold, but nowhere could he find it. And at sunset he sat him down and began to weep, and as he was weeping there came to him the little Hare that he had rescued from the trap,

And the Hare said to him, "Why art thou weeping? And what dost thou seek in the wood?"

And the Star-Child answered, "I am seeking for a piece of yellow gold that is hidden here, and if I find it not my master will beat me, and keep me as a slave."

"Follow me", cried the Hare, and it ran through the wood till it came to a pool of water. And at the bottom of the pool the piece of yellow gold was lying.

tu a peça de ouro branco?" E o Filho-da-Estrela respondeu, "Eu não a tenho". Então o Feiticeiro pulou sobre ele e espancou-o; e pôs à sua frente uma tábua vazia e disse, "Coma", e um copo vazio, e disse, "Beba", e arremessou-o novamente para dentro da masmorra.

E na manhã seguinte o Feiticeiro veio até ele e disse, "Se hoje não me trouxeres a peça de ouro amarelo, certamente manter-te-ei como o meu escravo, e dar-te-ei trezentas chicotadas."

Assim, o Filho-da-Estrela seguiu para a floresta e durante todo o dia procurou pela peça de ouro amarelo, mas não a encontrou em parte alguma. E ao pôr do sol sentou-se e começou a chorar, e enquanto chorava a pequena Lebre, a mesma que ele havia resgatado da armadilha, veio até ele.

E disse-lhe a Lebre, "Por que estás chorando? E o que procuras na floresta?".

E o Filho-da-Estrela respondeu, "Procuro por uma peça de ouro amarelo que está escondida aqui e se não encontrá-la, meu mestre bater-me-á e manter-me-á como um escravo."

"Segue-me", exclamou a Lebre e correu pela floresta até chegar junto de um tanque de água. E no fundo do tanque a peça de ouro amarelo repousava.

"How shall I thank thee?", said the Star-Child, "for lo! this is the second time that you have succoured me."

"Nay, but thou hadst pity on me first", said the Hare and it ran away swiftly.

And the Star-Child took the piece of yellow gold, and put it in his wallet, and hurried to the city. But the leper saw him coming, and ran to meet him, and knelt down and cried, "Give me a piece of money or I shall die of hunger."

And the Star-Child said to him, "I have in my wallet but one piece of yellow gold, and if I bring it not to my master he will beat me and keep me as his slave."

But the leper entreated him sore, so that the Star-Child had pity on him, and gave him the piece of yellow gold.

And when he came to the Magician's house, the Magician opened to him, and brought him in, and said to him, 'Hast thou the piece of yellow gold?' And the Star-Child said to him, "I have it not." So the Magician fell upon him, and beat him, and loaded him with chains, and cast him again into the dungeon.

"Como posso agradecer-te?", disse o Filho--da- Estrela, "pois veja! essa é a segunda vez que tu socorre-me."

"Não, foste tu que te apiedaste de mim primeiro", disse a Lebre e correu para longe agilmente.

E o Filho-da-Estrela pegou a peça de ouro amarelo, pôs dentro da sua bolsa e correu para a cidade. Mas o leproso o viu chegando, correu ao seu encontro, ajoelhou-se no chão e lamentou-se, "Dá-me uma moeda de dinheiro ou eu morrerei de fome."

E o Filho-da-Estrela disse para ele, "Eu tenho em minha bolsa apenas uma peça de ouro amarelo e se não levá-la para o meu mestre ele bater-me-á e manter-me-á como seu escravo."

Mas o leproso implorou dolorosamente e então o Filho-da-Estrela compadeceu-se dele e deu-lhe a peça de ouro amarelo.

E quando ele chegou à casa do Feiticeiro, este abriu-lhe a porta, trouxe-o para dentro, e disse, "Tens tu a peça de ouro amarelo?" E o Filho-da-Estrela respondeu-lhe, "Eu não a tenho". Então o Feiticeiro pulou sobre ele e espancou-o; acorrentou-o e arremessou-o novamente para dentro da masmorra.

And on the morrow the Magician came to him, and said, "If today thou bringest me the piece of red gold I will set thee free, but if thou bringest it not I will surely slay thee."

So the Star-Child went to the wood, and all day long he searched for the piece of red gold, but nowhere could he find it. And at evening he sat him down and wept, and as he was weeping there came to him the little Hare.

And the Hare said to him, "The piece of red gold that thou seekest is in the cavern that is behind thee. Therefore weep no more but be glad."

A CASA DAS ROMÃS
OSCAR WILDE

E na manhã seguinte o Feiticeiro veio até ele e disse, "Se hoje trouxere-me a peça de ouro vermelho, libertar-te-ei, mas se não me trouxeres, com certeza matar-te-ei."

Assim, o Filho-da-Estrela seguiu para a floresta e durante todo o dia procurou pela peça de ouro vermelho, mas não a encontrou em parte alguma. E ao pôr do sol sentou-se e começou a chorar, e enquanto chorava a pequena Lebre veio até ele.

E a Lebre disse-lhe, "A peça de ouro vermelho que tu procuras está na caverna que está atrás de ti. Por isso não chores mais e alegra-te."

"How shall I reward thee?", cried the Star-Child. "For lo! this is the third time thou hast succoured me."

"Nay, but thou hadst pity on me first", said the Hare, and it ran away swiftly.

And the Star-Child entered the cavern, and in its farthest corner he found the piece of red gold. So he put it in his wallet, and hurried to the city. And the leper seeing him coming, stood in the centre of the road, and cried out, and said to him, "Give me the piece of red money, or I must die", and the Star-Child had pity on him again, and gave him the piece of red gold, saying, "Thy need is greater than mine". Yet was his heart heavy, for he knew what evil fate awaited him.

But lo! as he passed through the gate of the city, the guards bowed down and made obeisance to him, saying, "How beautiful is our lord!" and a crowd of citizens followed him, and cried out, "Surely there is none so beautiful in the whole world!" so that the Star-

"Como poderei recompensar-te?", disse o Filho-da-Estrela. "Pois veja! essa é a terceira vez que tu socorre-me."

"Não, foste tu que te apiedaste de mim primeiro", disse a Lebre e correu para longe agilmente.

E o Filho-da-Estrela entrou na caverna e no canto mais afastado encontrou a peça de ouro vermelho. Então colocou-a dentro da sua bolsa e correu para a cidade. Ao ver que ele estava vindo, o leproso ficou em pé no meio da estrada, chamou alto e disse para ele, "Dá-me a peça de dinheiro vermelho ou morrerei", e o Filho-da-Estrela compadeceu-se dele de novo, deu-lhe a peça de ouro vermelho, e disse, "Tua necessidade é maior que a minha". Ainda assim o seu coração estava pesado, pois sabia o vil destino que aguardava-o.

Mas eis que assim que ele cruzou os portões da cidade, os guardas inclinaram-se, fizeram-lhe reverência e disseram, "Como o nosso senhor é belo!" e uma multidão de cidadãos seguiu-o e clamava alto, "Por certo não existe ninguém tão belo em todo o mundo!",

Child wept, and said to himself, "They are mocking me, and making light of my misery." And so large was the concourse of the people, that he lost the threads of his way, and found himself at last in a great square, in which there was a palace of a King.

And the gate of the palace opened, and the priests and the high officers of the city ran forth to meet him, and they abased themselves before him, and said, "Thou art our lord for whom we have been waiting, and the son of our King."

And the Star-Child answered them and said, "I am no king's son, but the child of a poor beggar-woman. And how say ye that I am beautiful, for I know that I am evil to look at?"

Then he, whose armour was inlaid with gilt flowers, and on whose helmet crouched a lion that had wings, held up a shield, and cried, "How saith my lord that he is not beautiful?"

And the Star-Child looked, and lo! his face was even as it had been, and his comeliness had come back to him, and he saw that in his eyes which he had not seen there before.

And the priests and the high officers knelt down and said to him, "It was prophesied of old that on this

então o Filho-da-Estrela chorou e disse para si mesmo, "Estão zombando de mim, fazendo pouco da minha desgraça." E tão grande era o concurso do povo, que perdeu a direção do seu caminho e finalmente viu-se numa grande praça, onde havia um palácio de um Rei.

E o portão do palácio abriu-se, e os sacerdotes e os altos oficiais da cidade correram ao encontro dele, e inclinaram-se diante dele, em sinal de submissão, e disseram, "Tu és o senhor pelo qual temos esperado, e o filho do nosso Rei."

E o Filho-da-Estrela respondeu-lhes e disse, "Eu não sou nenhum filho de um rei, sou o filho de uma pobre mendiga. E como podes dizer que sou belo se sei que sou horrível de olhar-se?"

Então aquele que possuía a armadura incrustada com flores de ouro e em cujo elmo estava ostentado um leão alado, sustentou o seu escudo e clamou, "Como podes o meu senhor dizer que não és belo?"

E o Filho-da-Estrela olhou e eis que o seu rosto estava igual ao que costumava ser, a sua formosura havia-lhe retornado e ele viu nos seus olhos algo que ele não tinha visto ali até então.

E os sacerdotes e os altos oficiais ajoelharam-se e disseram-lhe, "Há muito tempo estava profetizado

day should come he who was to rule over us. Therefore, let our lord take this crown and this sceptre, and be in his justice and mercy our King over us."

But he said to them, "I am not worthy, for I have denied the mother who bare me, nor may I rest till I have found her, and known her forgiveness. Therefore, let me go, for I must wander again over the world, and may not tarry here, though ye bring me the crown and the sceptre." And as he spake he turned his face from them towards the street that led to the gate of the city, and lo! amongst the crowd that pressed round the soldiers, he saw the beggar-woman who was his mother, and at her side stood the leper, who had sat by the road.

And a cry of joy broke from his lips, and he ran over, and kneeling down he kissed the wounds on his mother's feet, and wet them with his tears. He bowed his head in the dust, and sobbing, as one whose heart might break, he said to her, "Mother, I denied thee in the hour of my pride. Accept me in the hour of my humility. Mother, I gave thee hatred. Do thou give me love. Mother, I rejected thee. Receive thy child now." But the beggar-woman answered him not a word.

que neste dia chegaria aquele que governar-nos-ia. Por isso, permite o nosso senhor tomar esta coroa e este cetro e ser o nosso Rei na justiça e misericórdia."

Mas ele disse-lhes, "Não sou digno, pois reneguei a minha mãe que encontrou-me e não devo descansar até que encontre-a e receba dela o seu perdão. Por isso deixem-me ir, pois devo vaguear novamente pelo mundo e não posso demorar-me aqui, embora ofereçei-me a coroa e o cetro." E enquanto ele falava, virou o seu rosto na direção da rua que conduzia ao portão da cidade e eis que no meio da multidão que comprimia os soldados viu a mendiga que era a sua mãe e ao lado dela estava o leproso que tinha sentado-se na estrada.

E um grito de alegrou irrompeu dos seus lábios e ele correu até eles; e ao ajoelhar-se, beijou as feridas dos pés da sua mãe e molhou-as com as suas lágrimas. Curvou a sua cabeça na poeira, soluçando, como alguém cujo coração pudesse se partir e disse para ela, "Mãe, eu reneguei-a na hora da minha soberba. Aceita-me na hora da minha humildade. Mãe, eu dei-te ódio. Tu deste-me amor. Mãe, eu rejeitei-te. Aceita agora o teu filho." Mas a mendiga não lhe respondeu uma palavra sequer.

And he reached out his hands, and clasped the white feet of the leper, and said to him, "Thrice did I give thee of my mercy. Bid my mother speak to me once." But the leper answered him not a word.

And he sobbed again and said, "Mother, my suffering is greater than I can bear. Give me thy forgiveness, and let me go back to the forest." And the beggar-woman put her hand on his head, and said to him, "Rise", and the leper put his hand on his head, and said to him, "Rise", also.

And he rose up from his feet, and looked at them, and lo! they were a King and a Queen.

And the Queen said to him, "This is thy father whom thou hast succoured."

And the King said, "This is thy mother whose feet thou hast washed with thy tears." And they fell on his neck and kissed him, and brought him into the palace and clothed him in fair raiment, and set the crown upon his head, and the sceptre in his hand, and over the city that stood by the river he ruled, and was its lord. Much justice and mercy did he show to all, and the evil Magician he banished, and to the Woodcutter and his wife he sent many rich gifts, and to their children he gave high honour. Nor would he suffer

E estendeu as mãos e abraçou os pés brancos do leproso e disse-lhe, "Por três vezes dei-te minha compaixão. Pede à minha mãe que fale comigo uma vez." Mas o leproso não lhe respondeu uma palavra sequer.

E ele soluçou novamente e disse, "Mãe, o meu sofrimento é maior do que eu posso suportar. Dá-me o teu perdão e deixa-me voltar para a floresta". E a mendiga pôs a sua mão sobre a cabeça dele e disse, "Levanta-te", e o leproso pôs a sua mão sobre a cabeça dele e disse, "Levanta-te", também.

E ao levantar-se sobre os seus pés, olhou para eles e eis que eram um Rei e uma Rainha.

E a Rainha disse para ele, "Este é o teu pai, a quem tu socorreste."

E o Rei disse, "Esta é a tua mãe, cujos pés lavaste com as tuas lágrimas". E envolveram-lhe o pescoço e beijaram-no e trouxeram-no para dentro do palácio e vestiram-no com belos trajes e puseram a coroa sobre a sua cabeça e o cetro em sua mão; e sobre a cidade que ficava ao largo de um rio ele governou e foi o seu senhor. Muita justiça e compaixão demonstrou para com todos e o Feiticeiro mal ele baniu; e para o Lenhador e a sua esposa enviou ricos presentes e para os filhos destes concedeu altas honrarias. Não permitiu que

any to be cruel to bird or beast, but taught love and loving-kindness and charity, and to the poor he gave bread, and to the naked he gave raiment, and there was peace and plenty in the land.

Yet ruled he not long, so great had been his suffering, and so bitter the fire of his testing, for after the space of three years he died. And he who came after him ruled evilly.

ninguém fosse cruel com as aves ou com os bichos, ao contrário, ensinou o amor, a bondade e a caridade; e para os pobres deu pão e para aqueles que estavam nus deu roupas, e havia paz e abundância na terra.

Porém não governou por muito tempo; tão grande tinha sido o seu sofrimento e tão amargo o fogo das suas provações que depois de passados três anos ele morreu. E aquele que sucedeu-o governou com grande crueldade.

A HOUSE OF POMEGRANATES
OSCAR WILDE

335
A CASA DAS ROMÃS
OSCAR WILDE

COPYRIGHT © 2004-2017 BY EDITORA LANDMARK LTDA

TODOS OS DIREITOS RESERVADOS À EDITORA LANDMARK LTDA.
TEXTO ADAPTADO À NOVA ORTOGRAFIA DECRETO N° 6.583, DE 29 DE SETEMBRO DE 2008

PRIMEIRA EDIÇÃO DE "A HOUSE OF POMEGRANATES": JAMES R. OSGOOD, McILVAINE & CO., LONDRES, 1891.
ILUSTRAÇÕES ORIGINAIS DA PRIMEIRA EDIÇÃO: CHARLES HASLEWOOD SHANNON (1863-1937) E CHARLES
DE SOUSY RICKETTS (1866-1931)

DIRETOR EDITORIAL: FABIO PEDRO-CYRINO
TRADUÇÃO, PREFÁCIO E NOTAS: LUCIANA SALGADO
REVISÃO E ADEQUAÇÃC TEXTUAL: FABIO PEDRO-CYRINO

DIAGRAMAÇÃO E CAPA: ARQUÉTIPO DESIGN+COMUNICAÇÃO
IMPRESSÃO E ACABAMENTO: MARKPRESS BRASIL INDÚSTRIA GRÁFICA LTDA.

> WILDE, OSCAR (1854-1900)
> A CASA DAS ROMÃS = A HOUSE OF POMEGRANATES / OSCAR WILDE (1854-1900); [ILUSTRAÇÕES
> CHARLES HASLEWOOD SHANNON (1863-1937) E CHARLES DE SOUSY RICKETTS (1866-1931) ;
> TRADUÇÃO, PREFÁCIO E NOTAS DE LUCIANA SALGADO] -- SÃO PAULO: LANDMARK, 2017.
>
> TÍTULO ORIGINAL: A HOUSE OF POMEGRANATES
> EDIÇÃO BILÍNGUE: PORTUGUÊS/ INGLÊS ILUSTRADA
> EDIÇÃO ESPECIAL DE LUXO
> ISBN 978-85-8070-056-5
>
> 1. CONTOS INGLESES. I. SHANNON, CHARLES HASLEWOOD. II. RICKETS, CHARLES DE SOUSY. III.
> SALGADO, LUCIANA. IV. TÍTULO. V. TÍTULO: A HOUSE OF POMEGRANATES.
>
> 17-03584   CDD: 823
>
> ÍNDICES PARA CATÁLOGO SISTEMÁTICO:
>
> 1. CONTOS : LITERATURA INGLESA   823

TEXTOS ORIGINAIS EM INGLÊS DE DOMÍNIO PÚBLICO.
RESERVADOS TODOS OS DIREITOS DESTA TRADUÇÃO E PRODUÇÃO.
NENHUMA PARTE DESTA OBRA PODERÁ SER REPRODUZIDA ATRAVÉS DE QUALQUER MÉTODO,
NEM SER DISTRIBUÍDA E/OU ARMAZENADA EM SEU TODO OU EM PARTES ATRAVÉS DE MEIOS
ELETRÔNICOS SEM PERMISSÃO EXPRESSA DA EDITORA LANDMARK LTDA, CONFORME LEI N° 9610,
DE 19 DE FEVEREIRO DE 1998

EDITORA LANDMARK
RUA ALFREDO PUJOL, 285 - 12° ANDAR - SANTANA
02017-010 - SÃO PAULO - SP
TEL.: +55 (11) 2711-2566 / 2950-9095
E-MAIL: EDITORA@EDITORALANDMARK.COM.BR

WWW.EDITORALANDMARK.COM.BR

IMPRESSO NO BRASIL
PRINTED IN BRAZIL
2017